ポルタ文庫

託児処《たくじどころ》の巫師《ふし》さま

奥宮妖歳時《おうきゅうあやかしさいじ》

霜月りつ

JN122123

新紀元社

目次
contents

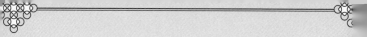

第一話

一ノ夫人が妖に取り憑かれること

序ノ段

大陸の東に位置する成桂国《セイケイ》は初代桂王《けいおう》が百三十年前に拓いた小さな国だ。

桂王は若い国の基盤を作るために、もともとこの地で栄えていた薬の生産に力をいれた。国営の薬草畑、国営の製薬工房、薬を学ぶ学問所などを作り、医薬を発展させるために力を尽くした。

そうやって作られた薬は売薬師によって大陸全体に運ばれた。

また歴代の王は民に教育を受けさせ優秀な薬師や医師を育英した。合理主義、実証研究がよしとされ、常識や理屈にあわないものはどんどん排除されていった。

そのため、妖《あやかし》や化物、魔術などは光に照らされた影のように隅に追いやられ、あるいは消え去り、魔物使い、蟲《むし》使い、占空術師《せんくうじゅつし》、地龍術師《ちりゅうじゅつし》は、転業を余儀なくされた。

彼らは獣医や益蟲士《えきこし》、気象士、地脈士などに鞍替えし、古い教えや業《わざ》も広く一般的な学問にとって代わられた。

唯一そのままの形で残ったのが巫師《ふし》と呼ばれる職業だ。

巫師は男性だけの職業で、占い女《め》よりも高度な技術を使った失せ物捜し、夢や吉凶の卜《うらな》い、その他に、妖退治をすると言われている。

だが、ほとんどの民は、妖などは昔話か子供を寝かしつけるためのおとぎ話の中にしか存在しないと信じている。

成桂国の首都薬都《やくと》にある皇宮《こうきゅう》、その奥に作られた皇帝の寵姫《ちょうき》たちが暮らす奥宮《おうきゅう》。そこで宮の警護を任とする花錬兵《かれんへい》第三部隊の兵長、翠珠《スイジュ》もそんな一人だった。

だが、突如奥宮で妖が大量に発生するという異常事態に遭遇し、考えを改めざるを得なくなった……。

翠珠はたっぷりの湯に身を浸すと、湯気のこもる天井を見上げて息をついた。

円形の天井にはところどころ湯気を逃がす窓と明かり取りがあり、そこから差し込む黄昏《たそがれ》色の光が湯面を揺らしている。

二日ぶりの風呂に、翠珠は思い切り両手と足を伸ばした。

からだを動かすのが好きな性分だと思っていたが、こう毎日走り回っているとさすがに疲れる。それに部屋にいてもすぐに部下が呼びに来るので、最近一人になった記憶がなかった。

風呂を一人で貸し切りにできるのは、兵長の特権だ。上に立つ者にはからだだけではない、心を休めるためにも、こんな静かな時間が必要なのだ。

大体、自分が兵長になる前は、こんなに駆けずり回った記憶がなかった。

翠珠が第三部隊の兵長になる前は、梓洋《シヨウ》という人物が任に当たっていた。

翠珠もなんどか手合わせしてもらったことがある。年嵩だが、背筋のきれいに伸びたひとで、長い黒髪を頭の上にまとめていた。

剣よりも拳で名うての女性で、皇宮を守る第二部隊の兵長とも張り合える、いや、むしろ叩きのめしたことがあるという噂がまことしやかに囁かれ、第三部隊では似姿を描かれるほど敬愛されていた。翠珠も昔は懐に忍ばせていたものだ。

「翠珠、おまえは森を駆ける女鹿のようにしなやかで、銀色の光になって飛ぶ蜻蛉《とんぼ》のように美しいね」

以前そう言ってくれたことがある。そのときは嬉しくて恥ずかしくて奥宮の回廊を走り回った。

今は、退官して地方の実家で宿屋を経営していると聞いた。器量も気風《きっぷ》もよい女将《おかみ》となり、さぞかし繁盛しているだろう。

梓洋兵長ならこの妖騒ぎにも、もっと手際よく対処できていただろうか。

（私の兵長としての資質に問題があるのだろうか……）

からだを休めるための吐息はいつしかため息になる。

(問題はあるな……)

妖を退治するために必要とはいえ、街の男を男子禁制の奥宮に、女装させてまで迎え入れるのは犯罪でしかない。あえて端的な言葉を選ぶと、頭を抱えたくなる。

(わかってはいるが……)

ぶくぶくと湯に沈む。息が続くまでそうして、ざばっと頭を上げる。

「ぷは」

(使えるものはなんでも使う。適材適所)

翠珠は肩に張り付いた髪をかきあげた。

(少し伸びたな……。切っておくか)


「失礼します、兵長―――――!」

バターンと湯殿の扉が両側に大きく開かれた。ひゅうっと外の風が入る。

「アレ? 兵長?」

部下の桃冬《トウトウ》が頭頂でくくった黒髪を揺らして浴室を見回す。今の時間、二人の当番を残して兵たちは食事をとっている。一限(約一時間)ずらして当番兵と翠珠の食事時間になる。その間は警備も手薄になるが、有事の際にはまず兵長に連絡し、人手が必要であれば食事中の兵も呼ぶこともができる。

「なんだ」

脱衣所の隅で髪を切っていた翠珠は、湯殿の入り口に立つ桃冬の背後に立った。すでに下衣は身につけている。

「ちっ、ちょっと遅かった……って、なにしてるんです、兵長！」

「髪が伸びたから切ってる」

翠珠が答えると桃冬はこの世の終わりのような顔をして叫んだ。

「えぇーっ、髪を切るときは言ってくださいって申しあげていたじゃないですかぁ！兵長が自分で切ると田舎《いなか》の子供みたいに一直線にやっちゃうんだから！　ああ、やっぱり河童《かわわらわ》みたいになってる！　憧れの兵長がなんてことですか、全奥宮が号泣ですよ！　あとで直しますからね！」

「う、うむ。それで、なんだ？」

桃冬の勢いに翠珠はやや鼻白んでからだを引いた。

「あ、そうでした。また池に〝顔〟が出たんです！」

「それは確か音楽を聞かせると消えるんじゃなかったのか？」

以前聞いた方法を思い出す。

「それとはまた別物のようで、口から水を噴き出してきます！」

「とりあえず塩を試してみろ、そのあとは熱湯《にえゆ》だ」

「わかりました」

最近ではちょっとやそっとの妖では動じないほど慣れてしまった。しかし妖に慣れるというのはかなりの異常事態だろう。

妖にはさまざまな種類がいる。小さなものや力の弱いもの、人を驚かすだけのものなどは、塩や金気、火や熱湯で対処できると翠珠は学んだ。

教えてくれたのは託児処《たくじどころ》の師匠だ。元は優秀な巫師だったが、今は色街でお姐さんたちの子供を預かる仕事こそが本業と言い張る。彼は、人も妖も同等な命だと考えている。だから翠珠も退けられる手段があるなら妖を殺しはしない。

「しかし、いっこうに減らないのは困るな」

着衣を整えて桃冬のあとを追いながら翠珠は胸の内で呟いた。

「あいつはなんと言っていた？　水が多く、人の気が滞りやすいところに妖は集まる、と。これほどの量を今まではあの龍の卵ひとつで抑えていたのか」

奥宮の裏庭に建てられていた祠、その中に龍の卵が納められていた。しかしその卵が孵ってしまい、封印としての機能は失われてしまった。

今は残された卵の殻だけが置いてあるが、さすがにそれでは力が弱いらしい。毎日のようになにかしらの妖が出現する。

近頃では刺激のない奥宮で面白がられる存在にまでなってしまい、珍しい動物・珍獣扱いなのか、餌をやるものまで現れたと聞く。

「しかしこれでは奥宮の存在そのものが妖を呼ぶものということになる……このままでは奥宮は解体されるぞ……」

回廊の向こうには四つの池があり、それらの中心に皇帝の寵姫たちの住む館がある。

木々が茂り花が咲き乱れ、蝶は舞い鳥は歌う。ひらひらとたもとや裾を翻した美しい女御《にょうご》たち、その周りに小鳥のような使女《つかいめ》たちがまとわりつく。ときおり「きゃあ」と歓声があがっては笑い声が聞こえた。この世の楽園を描いたような美しい景色。

「閉ざされるのはもったいないな」

「兵長——ッ！」

回廊の先で部下の兵たちがこちらを指さして叫んでいる。翠珠は自分に落ちた影に顔をあげた。屋根の上から猿に似た毛むくじゃらの巨大な妖が逆さになって覗きこんでいるではないか。それはにいっと悪意のある笑みを浮かべると、鋭い爪で風を切った。

爪の先が顔に触れる前に、翠珠は飛び退《すさ》って腰に佩《は》いた長剣を抜いた。一閃、太い腕が音をたてて回廊の下の地面に落ちる。

「できるだけ殺したくはないが、危害をくわえるなら容赦はせんぞ。疾《と》く、去れ！」

猿の化け物は腕を押さえてのけぞり悲鳴をあげた。その姿があっという間に猫ほどの大きさになると、落とされた腕をつかんで逃げてゆく。

（妖は基本臆病です。敵意を見せて襲ってきても、こちらがそれ以上の気概を以て対すれば逃げてゆきます）

それも託児処の師匠から教えてもらったことだ。

「桃冬、池の顔はどうした」

駆け寄ってきた年若い兵に翠珠は顔を向けた。

「熱湯で消えました。翠珠さま、お怪我は」

「心配無用。今のようなものが出たら怯えず睨み返すようにと皆に伝えよ」

「はい！　さすが兵長！」

憧憬《しょうけい》と尊敬をこめたキラキラした目で見上げてくる部下の頭から、翠珠は蜘蛛《くも》のような妖を指先で弾き飛ばした。蜘蛛と違うのは胴体に大きな一つ目がついていることだ。気づいていなかった桃冬は悲鳴をあげて全身をバタバタはたく。

翠珠は、はあっと長いため息をこぼした。

「本当に妖が多すぎる」

一ノ段

夜中、見回りをしていた花練兵の兵士は、厨房から怪しい音を聞き取った。

ときどき厨房の長、選食官《せんしょく》の黄尽《オウジン》が新しい献立を考えて夜中に試すことはある。だが、灯りもつけずに料理をする者はいないだろう。

兵士は仲間を呼び、三人で調べることにした。兵長の翠珠から、妖がいる場合もあるので常に複数であたるように言われていたからだ。

兵士たちは薄い銅板を筒状に丸めた筒火《とうか》という手燭《てしょく》の光を厨房の奥に向けた。

「誰か？　人か、妖か！」

答えはなく、音が続いている。その音は人間が食べ物を咀嚼《そしゃく》するものに似ていた。

兵の二人が長剣を抜き、残りの一人が筒火を持って厨房の中に入った。

しゃくしゃく……くちゃ、くちゃ……。

音は止まない。筒火の丸い光が床を照らし、そろそろとその音の出所に近づいた。

パキリ、……コリコリ……ごくん……。

光の輪の中に浮かび上がったのは、薄い布だった。上等の白絹、そこに青い糸で花模様の刺繍《ししゅう》がしてある。それは長下衣《スカート》の裾に見えた。

光がその衣装に沿ってじょじょに上にあがる。丸まった背と揺れる細い肩が見えた。

その肩の上に簡単に結い上げた黒髪がある。

背を向けた女が床の上に座り込み、なにかをしている。

「どなたか？　そこでなにをしておられる」

兵の口調が丁寧になったのは、女の衣装から官女以上の身分と知れたためだ。一般兵士の身分は官女より下となる。

「こちらをお向きいただけますか？　ゆっくりと。今持っているものから手を離してください」

うなだれていたような女の首があがる。顔の前にあったらしい両手がゆっくりと下にさがった。

兵たちは剣を握る手に力を込めた。女がこちらを振り返ろうとしている。世にも恐ろしいものを見る予感に息をつめる。

髪がゆれ、白い横顔が見えた。思わず兵たちは声をあげた。

細月のような眉、けぶるような長いまつげ、美の女神がひと撫でしたような鼻梁《びりょう》、そして常に流行《はや》りの紅で塗られて笑みを絶やさない口、だった筈だ。

だが、今そこには、羽根をむしり米を詰めた鶏の肉がくわえられている。胸元はなにかの汁をこぼしたのか真っ赤に染まっている。

「い、一ノ夫人……ッ、蓮濃《リエン》さま！」

蓮濃の目からは涙が流れている。しかし手は無造作にくわえていた肉を口の中に押し込んだ。ほんの二度、三度噛んだだけでゴクリと飲み込む。細いのどが獲物を呑んだ蛇のように膨れ、それは腹の中に送り込まれた。

「たすけて……」

蓮濃はかすれた声で囁いた。

「止まらないの……おなかがすいて……食べるのを止められない……」

蓮濃は指先の脂をなめて言った。

「助けて……止めて……もっと……」

ぬらぬらと脂で光る手を伸ばし、蓮濃は喘いだ。

「食べ物を……もっと食べるものをちょうだい……」


厨房の支配者、選食官の黄尽は激怒していた。下拵えを済ませておいた鶏肉を食い荒らされたからだ。

「いったいぜんたい何人の餓鬼《ガキ》が厨房に入り込んだんだい！」

　黄尽はいつもの赤ら顔をさらに真っ赤にし、麺伸ばしの太い棒を振り回して叫んだ。翠珠の短い髪が麺棒の巻き起こす風にひるがえる。

「何人というか、――一ノ夫人おひとりだ」

「嘘をつくんじゃないよ！　十人前は食われたんだよ！」

　麺棒が調理台を叩き恐ろしい音がする。厨房の下働きたちはとばっちりを受けないように黄尽から距離をとっていた。

「だいたいなんで腹がすくんだよ！　蓮濃さまは夕食を召し上がっていたはずだ。あたしの料理が物足りなかったなんて言わせないよ！」

　黄尽は翠珠にからだをぶつけるようにして怒鳴った。黄尽の肩幅は翠珠より広くたくましく、身長は翠珠より頭ひとつ高い。なによりそのからだから溢れる熱気と怒気が、翠珠を圧倒していた。

「黄尽どののせいではない」

　突きつけられた麺棒を人差し指で押し返し、翠珠はなだめた。

「おそらくは妖の仕業だ。それが証拠に蓮濃さまは今も杏花《シンファ》館で食事をとり続けておられる。選医《せんい》官の真己斐《マコイ》殿がおっしゃるには、人がとる食事の許容量を超えているとか」

「大食らいの妖かい」

黄尽は歯をむきだし、獰猛《どうもう》な笑みを浮かべた。

「おもしろいじゃないか、あたしの料理でそいつを食わせつぶしてやる」

「いや、やめてくれ。一ノ夫人のお命に関わる」

ぐるんと逞しい腕をふるう黄尽に、翠珠は両手をあげて止めた。

「今、対処できるものがこちらに向かっているのだ」


翠珠の直属の兵である桃冬が、奥宮の西門で待っていると、一人の女が現れた。薄い布を頭からかぶり、両手は筒袖の中に隠している。首に下げた祈札《きふだ》を見ると街の占い女のようだ。

占い女は桃冬に、両手を筒袖にいれたまま頭の上に持ち上げる挨拶をした。

「待っていたわ、早く来て」

「やれやれ……」

だが布の下から聞こえてきたのは低い男の声だった。

「こう、毎度呼ばれることになるなんて思いもしませんでしたよ」

「お互い様よ」

寵姫たちの館を取り囲む大回廊を二人は足早に駆け抜ける。円形に作られた回廊のほぼ半分をゆくと、橋のたもとで、花練兵の兵長、翠珠が待っていた。

「よく来てくれた」

翠珠は占い女の姿をしたものに手を差し出した。翠珠より大きな手が筒袖から出てしっかりと握り返す。

「給金は期待してますよ」

からかうような口調に翠珠は苦笑した。

「任せろ。しかし相手は一ノ夫人だ。扱いには十分に注意してくれ」

「善処しますがね」

薄い布越しに微笑む。軽く紅を引いているだけなのに、奥宮の女たちに負けないほど美しい。だが彼は男だ。そのことは翠珠とごく一部の花錬兵しか知らない。

奥宮は皇帝、皇子以外の男の出入りを禁じている。露見すれば男だけではなく翠珠も死罪だ。

それでも今の奥宮はこの男に頼るしかない。

薬都の色街・禁線《キンセン》で託児処を営む彼、実は元皇宮付きの巫師、昴《コウ》師匠に。

二ノ段

翠珠と昴は一ノ夫人の住まう杏花館へ向かった。各夫人の館に行くには、ただ一本の橋を渡るしかない。その橋は館の周りを取り囲む池を経て、直接入り口へと続いていた。

館の門はしっかりと閉ざされている。花飾りを彫り込まれた赤漆の扉で、ところどころ小さな硝子《ガラス》がはめ込まれていた。それを覗き込んでも中の様子は窺えなかった。

翠珠が扉を叩くとほんの僅か隙間が開いた。中から館の使女らしい少女が顔を覗かせる。

「花錬兵の兵長、翠珠です。一ノ夫人のご様子は？」

そう聞くと、たちまち少女の顔は歪んで泣きだしそうになった。

「ずっと食べておられます。兵長さま、夫人《おくさま》をお助けください」

「わかった。今、助けてくれる人を連れてきた。夫人《ふじん》に会わせてくれ」

「は、はい」

赤い扉が内側に開かれる。中に入るとすぐにくつろげる広間になっていて、大きな窓から明るい日差しが入っていた。品の良い座椅子や詰め物をした小座布《クッション》が置かれ居心地がよさそうだったが、中にいる側仕えの女御や女官たちはみな怯えた顔をして、寒そうに身をすくめていた。

「夫人は？」

「奥の寝室でございます」

使女に案内され、寝室までゆく。扉の前には別の使女がいて、汚れた皿などを下げているところだった。

「これから中に入ります。私たちがよいと言うまで誰も入らぬように。夫人が食べ物を欲しても決して差し上げてはならん」

翠珠が声を厳しくして言うと、使女たちはうろたえた顔を見合わせた。

「で、でも、夫人《おくさま》は食べ物が足りないと苦しそうで」

「ひどく取り乱されて……その……」

「暴れるんですね？　乱暴をしたり？」

昴が言いにくそうな使女の言葉を引き取った。低い声は苦乙《ニガオト》の葉を噛んでやや高く変えているため違和感はない。彼女たちは曖昧にうなずいた。

「大丈夫です。そんな夫人の治療のためです。すぐに元のお優しい夫人に戻りますよ」

安心させるように穏やかな笑みを昴が向けると、使女たちの目に涙が浮かんだ。

ずっと恐ろしかったのだろう。昴のはっきりとした言葉に心から安堵した表情で、扉の前から下がっていった。翠珠は昴とうなずきあい、寝室の扉を叩いた。

「蓮濃さま。兵長の翠珠です。入ってよろしいですか」

中からはなんの応《いら》えもない。翠珠はもう一度叩いた。

「蓮濃さま、入ります」

扉を開けて入るとさまざまな食べ物の匂いがした。部屋の中の至る所に皿や椀が置いてあり、吐き出された果物の種、皮、魚や肉の骨、貝の殻、零れた汁、調味料が床を汚していた。

一ノ夫人は翠珠たちに顔を向け、床に座り込んだままガツガツと食べ物を口に入れていた。それは食べていると言うより詰め込む作業をしているだけのようだった。

「……食べ物を……持ってきたの……？」

夫人は口を動かしながらくぐもった声で言った。

「いいえ、蓮濃さま」

「なら出てって……食べ物を持ってきて……」

突然夫人は手にしていた肉を床に叩きつけた。

「食べたくない！　助けて！　食べ……ッ」

だが次の瞬間、身を屈めて床に投げつけた肉に飛びつく。夫人はまるで獣のように、床から直接口で肉を取った。

「おなかがすいた……食べ物を……もっと、もっと……」

あまりのことにさすがの翠珠もなにも言えず硬直した。夫人の中には二人の人間がいるようだった。食べ物を欲するものと、そんな自分を救ってくれと願うもの……その横を昴がすたすたと通り過ぎる。

「失礼、蓮濃さま」

昴は蓮濃のそばに膝をつくと、懐から一枚の紙を取り出した。表面には読むことが難しい文字が書いてある。昴はその紙をぱしりと蓮濃の顔に貼り付けた。額から鼻までのそう長くはない長方形の紙。

「おい、手荒なことは、」

「黙って」

翠珠の非難を昴は一言で鎮めた。そして右手を蓮濃の腹に当てゆっくりと右回りに円を描く。

蓮濃のからだがビクンと大きく揺れた。

「……」

昴は手を動かしながら小さな声でなにか呟いている。ビクリビクリと夫人のからだが操り人形のように痙攣《けいれん》を始めた。

「翠珠さま」

昴は翠珠を呼んだ。翠珠はすぐにそばにゆくと膝を落とす。

「夫人を背後から支えていてください。けっして離さないように」

「わかった」

翠珠は蓮濃の背に回ると、細い肩に両手をかけた。片膝をたて、そこに夫人の背を寄りかからせるようにする。

「よし、大丈夫だ」

「なにがあっても離さないでくださいね」

昂は念を押すように繰り返すと、ぐっと力を込めて夫人の腹部を押した。とたんに夫人の両足がバタバタと床を跳ねる。翠珠が押さえていなければ、そのからだは転げ回っていたことだろう。

「そのまま――」

昂は手を夫人のからだに沿って徐々に上に滑らせた。腹から胸、そして喉元へと。

翠珠は背後から夫人の喉が異様な大きさに膨れるのを見た。まるで蛇が丸のみしていた鼠を吐き戻すかのように。

のけぞった夫人の口が大きく開く。突き出した舌がひくひくと動いた。あまりに大きく開いた唇の端が、ぷつっと切れ、血が滲みだす。

「ふ、巫師どの」

さすがに翠珠が声をあげる。一ノ夫人のような身分の高い人間のからだに傷をつけることは許されない。

「もう少しです、耐えてもらいます」

昴は膨らんだ喉を手のひらで押し上げるようにした。

「あ、が、っが、がァッ――――！」

夫人は足だけでなく両手でも床を叩きだした。押さえてはいるが全身が激しく動き出す。翠珠はからだを支える力を強めた。

「蓮濃さま、がんばってください！」

そう言って夫人の顔を見たとき、翠珠は驚きのあまり手を離してしまうところだった。

夫人の顔には昴のつけた紙が貼ってある。口は隠れていない。大きく開いたその口の中から、真っ黒な細い手が出てきたのだ。

「巫師どのっ！」

翠珠は悲鳴をあげた。

「まだです」

昴はぐいぐいと喉を押し上げる。そのたびに小さな黒い手は探るように夫人の顔を叩き、やがてもう一本、それからもう一本、また一本……。

全部で四つの手が夫人の口から出て顔に踏ん張っている。そして自らを引っ張り上げるように真っ黒な丸いからだが出てきた。

それは中央がくびれたいびつな形をして、全身がこまかな短い毛で覆われている。

胃液か唾液かで毛はぬらぬらと光り、動くたびに湿った音がした。昴が慣れた仕草でさっと捕まえる。

夫人は口を開けたまま失神していた。

「よし、終了です」

昴は翠珠に笑みを向けたが、翠珠の方は夫人のからだを支えたまま唖然と昴の指先のものを見ていた。

「巫師どの、それは……」

「潜餓鬼《せんがき》です。普段は木の実や死んだ動物の中に潜んでほかの生き物の体内に入り、その生き物にものを食わせ続ける……食べたものは全てこいつが吸収するので、からだは飢えたままです」

黒い餓鬼は昴の手の中でチーチーと鳴きながらさかんに身をよじっている。口のようなものは見えないのでどこから音をだしているのかはわからない。

「それが蓮濃さまを」

「夫人のほかにも餓鬼の潜んだ食べ物を食べたものがいるかもしれません。人によって潜伏期間が違うので、まだ現れていないだけかも。夫人と同じものを食べた人間がいるかどうか確認しないと」

「わ、わかった。それはどうする」

翠珠は昴の手の中で暴れる妖から無意識に距離を取っていた。

「私が連れかえって人の来ない山にでも放します。人間以外の生き物ならここまで無茶な食べ方は……」

「昴師匠！」

突然扉が破裂したかと思えるほどの勢いで開いた。その音に驚いたか、昴の手の力が一瞬緩んだ。その隙に手の中にいた潜餓鬼が、翠珠の方に飛び出してくる。

「っ！」

今、夫人の口から這いだしてきた様子を見ていたばかりの翠珠は、とっさに口に手を当ててそれを払いのけた。

潜餓鬼は床の上に転がり、そのまま四本の手を使って猛烈な勢いで扉に向かう。扉の外には赤と金の派手な衣装を着た人間が立っていた。

「一ノ夫人の館に兵長と占い女が来ていると……、うわっ、なんだ?!」

それは皇子の英桂《エイケイ》だった。床を走ってくる潜餓鬼にあわてて片足をあげると、妖は英桂の足もとをすり抜け、外へ出て行ってしまう。

「英桂っ、このバカ！」

恐れ多くも一国の皇子にこんな悪態をつけるのは昴だけだ。英桂は昔、昴の妖退治の場面に遭遇してから彼を盲目的に崇拝している。

「ええっ？　今の妖なのかい？」

英桂はオロオロして、昴と逃げた潜餓鬼を見比べる。

「崔《さい》はでかい蜘蛛かと思って……」

崔というのは皇族が自分のことを指す呼称だ。

「兵長、追うぞ」

「応！」

昴と翠珠は、うろたえている英桂を置いて部屋を飛び出した。

「英桂！」

昴が一度振り返る。

「夫人を頼む。医師に診せろ」

「あ、ああ、もちろんだよ！　任せてくれ、師匠」

敬愛する昴に頼まれ、英桂の頬が喜びにぱあっと紅潮する。

「あとで殴るけどな」

「師匠──ッ！」

寝室を飛び出し広間へ行くと、大勢の女たちが壁に張り付くようにして立っていた。

「蜘蛛のような妖を見なかったか！　誰か入り込まれたか?!」

翠珠が聞くと全員が外へ通じる扉を指さした。

「外へ出た！　まずいぞ」

橋を駆けながら昴が舌打ちする。

「ほかの女に取り憑くつもりだろうか？」

翠珠が聞くとうなずいた。あれが口の中から再び体内に入り込むことを考えただけでぞっとする。

「とりあえず食べ物のある厨房へ行きましょう」

「わかった！」

大回廊を走り抜け厨房へ駆けつけると、案の定いくつも悲鳴があがっていた。

「いたな」

飛び込むと、床には散乱した鍋や皿、そして食料が見えた。選食の司女《つかさめ》や使女たちが立ち尽くしたり腰を抜かしている中に、すっくと立っているのは選食官の黄尽だった。

「黄尽どの……」

「あたしゃ自分の職場には虫一匹だって許さないよ」

黄尽が持ち上げた革製の草履の裏側に、潜餓鬼が平たく張り付いている。

「見たことない虫だけど、あんたが駆けつけてくるってことは妖の類《たぐい》かい？　翠珠兵長」

「そ、そうです」

昴は前に進み出ると、潰れてしまった潜餓鬼を草履からはがす。ペリペリと乾いた音がした。それを手布《ハンカチ》に包み、黄尽に向かって頭をさげる。

「助かりました。一ノ夫人の病状はこれが原因です。あとはこちらで処理しておきます」

「あんたはこの間の占い女だね。そうかい、一ノ夫人はもう大丈夫かね」

「はい。明日には柔らかなものなら食事ができると思います」

黄尽は満足げにうなずくと、まだ固まっている女たちにパンパンと手を叩いた。

「さあ、散らかったものを片づけな！　夕餉《ゆうげ》の準備は始まっているよ！」

それに応えて女たちがいっせいに動き出す。その様子を見ていた昴は翠珠に向けて笑って言った。

「たいしたものだ。あの方が兵士なら百五十年前の戦ももっと早く決着がついたでしょうね」

「そうだな」

翠珠も笑い、視線を潜餓鬼を包んだ手布に向けた。

「それは死んでしまったのか？」

「いいえ、妖はこのくらいでは死にません。衝撃を受けて死んだフリをしているのでしょう。あと、あの方の気迫に怯えている」

「わかる。私も厨房に入るときはいつも決死の覚悟だ」

二人は笑いあうと杏花館へ戻った。

三ノ段

杏花館には英桂が待っていた。一ノ夫人は寝室で休み、選医官の診察を受けているという。

「本当に夫人のおからだには問題がないのか？」

さきほど昴が黄尽に言った言葉を思い出して翠珠が聞いた。

「ええ、胃腸は大丈夫なはずです。ただ、食べ続けたせいで顎《あご》と喉が疲弊しているでしょう。あと、潜餓鬼が出てきた影響で、喉の内部が荒れて唇が切れた……そのくらいです」

昴はそう自信たっぷりに答えた。

「そうか。それはよかった」

杏花館の官女たちが果物をしぼった冷たい甘露《かんろ》水を持ってきてくれた。鮮やかな赤い飲み物で、三角に切った柑橘系の果物が沈められている。

甘酸っぱいそれは走り回ったからだにさわやかにしみこむ。翠珠はいっきに飲み、昴は大事そうに舐めて、英桂はおかわりを要求した。

「それにしても奥宮の妖はなかなか減らないね」

卓の下に置いてある妖入りの袋を足先でつつきながら、英桂が言う。

「やはり龍の卵とはいえ、殻だけでは限界があるのだろう」

翠珠は裏庭の祠の中に納めてある卵の殻を思い浮かべて言った。今まであれひとつで妖を抑えていたのかと思うと、今更ながら龍の力に恐れ入る。

「というか、そもそも、なぜ妖がこんなに出るのか、ですよね」

昴が頬に指を当てて難しい顔をした。

「うん？　それは巫師どの、お主が言っていただろう。水が多く人の気が滞るところには妖がよく出るのだと」

「それはそう言いましたよ。でも、多すぎると思うんです。しかも種類も多い。まるで妖の市でも立っているようです」

翠珠に答えた昴の言葉に、英桂が「市だって」と笑い出す。

「多すぎるのか？」

昴はあごを引き、うなずいた。

「今まで私が見てきた中でもこれほどの数は見たことがありません」

「殿下、皇宮は？」

「え？」

翠珠が急に自分の方に話を振ったのに驚いたらしい英桂が、甘露水にむせた。

「殿下は以前、皇宮も妖が多いとおっしゃっていましたよね」

「ああ、そう言ったっけ。だけど、出ても年に一度くらいだよ。数に関して言えば昴師匠の言うとおり、奥宮はかなり多いと思うな」

英桂は以前昴の妖退治を見てから妖にも興味を持ち、独自にいろいろと調べているという。本心では昴について巫師の修業もしたいらしいが、そちらの才能はからっきしだと笑っていた。

「しかも皇宮では妖より人間の方が怖い」

皇子の揶揄《やゆ》は聞かなかったことにする。

「初代桂王は妖が多いために龍の卵を置いたのだと思います。もしかしたらこの地自体に問題があるのかもしれません」

昴は卓を指でトントンとつつきながら言った。

「奥宮の地に？」

「英桂、奥宮をここに建設したわけは知っているか？」

崇拝する昴に声をかけられた英桂は満面の笑みを浮かべた。だが、その顔はすぐに申し訳なさそうなものに変わってしまう。

「そんなの、崔にはわからない。皇宮がここにあるからだろ。奥宮は皇宮の奥に作られるものだ」

「ではなぜ皇宮がここにある？」

「それは……」

英桂はますますしょんぼりする。昴の望んでいる答えを持っていないのが情けないのだろう。

「初代桂王は強大な力を持った巫師だと考えられる。でないと龍の卵なんて代物を扱えないからな。その桂王がこの地を首都と定め皇宮を建てた……」

昴が言ったことを叩き込むように英桂は自分の頭を押さえた。

「うーん……桂王が巫師なら巫術《ふじゅつ》で占いもしただろうね。ならここに妖がたくさん出ることはわかったはずだよ。普通は妖が多い地など、首都にしない……」

女性との浮名の多さやその派手な容姿から酔狂皇子と呼ばれるが、英桂は最年少で薬学博士の資格も持つ英才だ。その彼が今、真面目に奥宮の謎を考えている。

「妖が多いということを知っていて城を建てたとしか……思えないね」

「そして妖を封じるために龍の卵を置いた、と考えるのが妥当だ」

昴と英桂はうなずきあった。翠珠は自分だけがおいてけぼりにされたような気持ちで、稀有な才能を持つ巫師と、利発な皇子を見つめた。

「なぜ初代王はそんなことを？」

「それは調べる必要があるな」

昴はそう言うとさっと人差し指を口の前に立てた。寝室の扉が開いて選医官の真己斐が出てきたからだ。翠珠は立ち上がり、彼女のために席をずれた。

「一ノ夫人のご容態は？」

「気丈な方です。意識もしっかりされていますし、疲れてはいらっしゃるようですが、おからだにとくに問題はないようです」

真己斐が答える。昴の見立て通りだったようだ。

「蓮濃さまにお伺いしたいことがあるのですが、お話しさせていただいてもよろしいでしょうか？」

「長い時間でなければ大丈夫でしょう」

選医官の言葉に昴と翠珠が立ち上がると、当然、といった様子で英桂もついてきた。扉の前で昴は振り返って英桂を睨んだ。

「おまえは来なくていい」

「邪魔にならないようおとなしくしているよ」

「問診だけなんだから面白くもないぞ」

「師匠のすることはなんでも見ておきたいんだ、頼むよ」

昴は助けを求めるように翠珠を見たが、一介の兵に皇子の行動を止めることなどできない。それに英桂が昴を慕っていることは承知しているので、無下《むげ》な扱いも気の毒だと思った。

「よいではないか。妖はもういないのだろう？　なら英桂さまがいらっしゃっても危険ではあるまい」

「さすが兵長！　ありがとう、愛してるよ」

英桂はぎゅっと翠珠の手を握ってくる。今日の英桂は紫色に染めた前髪を一房垂らし、残りの髪は頭の上にまとめていた。耳たぶにはたくさんの光る宝石を付け、首には透明な色ガラスの装飾品を下げている。ばさばさと長いまつげは金色と紫の縞に塗られていた。赤と金の衣装だけでも派手だが容貌は華やかを通りこして賑やかだ。

毎朝この装いに何時間かけているのだろうと、翠珠はぼんやりと英桂の顔を見つめた。

「やだなあ、兵長。崔に見とれているの？」

英桂の言葉に、昴のように顔を押し返してやればな、と考え、翠珠は疲れた笑みを返した。

　三人は一ノ夫人の寝室に入った。さきほどまで食べ物が散らかり汚れていた部屋は、今はそれをみじんも感じさせないほどきれいになっている。一ノ夫人は薄布のかけられた天蓋付きの寝台に仰向けになっていたが、皇子である英桂がいるのを見て、からだを起こそうとした。

「いや、蓮濃どの、そのままそのまま」

　英桂が手をあげて止める。翠珠は夫人のそばにすばやく駆け寄ると、そっと肩を抱いて寝台に戻した。

「このたびは……醜態を見せてしまい申し訳ありません」

　蓮濃は目を伏せ青ざめた頬に長いまつげの影を落とした。紅を落とした唇も白い。妖は夫人のからだより心を害したようだ。

「大丈夫だよ、なにも見てない」

「ありがとうございます……」

　夫人は英桂に笑みで答えると、翠珠と隣に立つ昴に目を向けた。

「そなたたちが救ってくれたのですね、ありがとう、感謝します。あのままでは陛下にお目通りもできなくなるところでした」

　蓮濃は夫人になってから一番長い。最近皇帝は三ノ夫人である陵麗《リーレイ》を気に入り、蓮濃への渡りは減っている。だが退宮した二ノ夫人紅蛍《コウケイ》と同じかそれ以上に、優しい人柄で奥宮中の女たちから母のように慕われていた。

「妖の仕業ですから、お気になさらぬよう」

「ところで蓮濃さま。昨日、一昨日と厨房で作られたもの以外の食材を口にされましたか？」

昴の問いに夫人は枕の上で首をかしげた。

「昨日……、昨日はとくには……。厨房以外の食事というと、実家から送ってきた菓子くらいでしょうか」

「あとでその菓子を調べさせてください。一昨日はいかがでしょう？」

「一昨日は……」

蓮濃は目を閉じて記憶をたどる。

「ああ、そういえば、夕餉の前に庭の柘榴《ざくろ》をとって食べました。いつもより実をつけるのが早く、とても大きくたくさんなっていたので」

「柘榴ですか」

「ええ、とてもおいしくて、わたくし一人で食べるのはもったいないので宮の女たちにも配ったのですが……」

そこまで話したとき、急に扉の外が騒がしくなった。焦ったような勢いで扉が叩かれる。

「どうした」

翠珠が立って扉を開けると、使女が転がるようにして入ってきた。

「あ、あの、女御さまが……、女御さまのご様子が」

翠珠がすぐに女御たちの部屋に行くと、一人の女御が床に座り込んで果物をがつがつと食べている。その様はさきほどの一ノ夫人とまったく同じだった。

「いつから?!」

「つ、つい先ほどからです」

女御付きの使女なのだろう、目にいっぱいの涙をためて主人の様子に怯えている。

すぐに昴もやってきた。

「兵長、さっきと同じだ。頼む」

「わかった！」

翠珠は女御の両腕を掴み、背に回させた。女御はその腕をほどこうと激しく身もだえる。もたげられた額に昴は再び札を貼り付けた。

「おお、師匠の妖退治がみられるな！」

一緒についてきた英桂が興奮した様子で拳を握る。

「英桂、誰も部屋に入れるな」

「了解した、師匠」

目を輝かせて昴の指示に従う皇子は、大人びた様子で女性をくどく普段とは違い、一八歳という年齢のままの興奮を見せている。英桂は使女を部屋から追い出すと、扉に背をつけて押さえた。

いったい過去、昴と英桂の間にどんな妖騒動があったのか、と翠珠は思う。昴はまだそれを話してはくれないが、いつか聞いてみたいものだ。

昴は一ノ夫人のときと同じように腹に手を当ててぶつぶつと呪言を口にした。手がからだに沿って上にあがるたびに両足がばたつくのも同じだった。

翠珠は蓮濃のときよりは容赦なく、女御のからだを押さえつけた。

「げえっ！」

女御の口から蓮濃と同じ黒い生き物が顔を覗かせた瞬間、昴がそれをつまみ出す。そして今度はすぐに袋にいれた。

ぜえぜえと荒い息をする女御の顔を覗き込み、昴は強い口調で言った。

「一昨日、柘榴を食べましたか？」

「え……」

「答えて。一昨日、夫人と一緒に庭の柘榴を食べましたか？」

女御は一瞬ぼんやりとした顔をしたが、すぐに大きくうなずいた。

「は、はい、確かに食べました……」

「ほかに食べたのはだれです？」

「女御たちはみんな。官女と使女たちも」

「なんだって？」

再び扉の外に悲鳴があがる。昴はすぐに立ち上がった。

「庭の柘榴に潜餓鬼がいた可能性があります。翠珠さま、杏花館の橋を封じて下さい。食べ物を館にいれないよう、取り憑かれた女たちを外へ出さぬように」

「了解した！」

「師匠、崔は？」

「おまえは外の様子のおかしな女たちをかたっぱしから縛り上げろ」

「了解！」

三人は扉の外へ飛び出した。

四ノ段

広間は混乱の極みだった。一つの菓子を奪い合ってとっくみあいの喧嘩をしているものたちがいる。花瓶の花をモリモリとむさぼっているものがいる。柔らかな小座布を口の中に押し込み、ほおばっているものがいる。

まともなものたちは怯えた様子で壁に張り付いて、同僚たちの奇行を見ていた。

外に通じる扉へ向かって駆けだす女を見て、翠珠が追いかけた。

「待て！」

「離して！　食べ物をちょうだい！　厨房へ行くのよ！」

「だめだ、中にいなさい！」

「いやだぁ！　離せ、離せぇ！」

女は叫ぶと押さえている翠珠の手に噛みついた。思わず離すと、まるで扉を引きちぎらんばかりの勢いで開けて出て行ってしまう。

「くそっ！」

翠珠はそのあとを追い、腰に佩いていた長剣を鞘ごと抜き、女の腰を強く打った。女が悲鳴をあげて橋の上に崩れ落ちる。翠珠は女のからだを膝の下に敷き、両腕をひねると腰ひもで縛り上げた。

「誰か！　兵士はいないか！」

橋の上で叫ぶと回廊にいた兵が二名、飛んできた。

「兵長！　どうなさいました」

「杏花館を封鎖する。応援を呼べ。おまえは館の外へ出ようとする女を押しとどめろ」

「は？　はいっ！」

兵の一人が回廊へ駆けだす。もう一人は杏花館の扉の方へ走った。

「あっ、兵長！」

扉に辿りついた兵が館の窓を指さす。その方を向いた翠珠は女が一人、窓から池に飛び降りるのを見た。

「しまった！　追え！」

「はいっ！」

翠珠の命に兵はためらいなく池に飛び込む。膝までの深さしかないが、水しぶきは盛大に上がった。

翠珠は縛った女を引きずって館へ戻った。

中はいまだ修羅場が続いていた。英桂が何人か女を縛り上げたようだが、自由なものは自分の履物や柔らかな皮帯を口にいれている。翠珠は縛った女を部屋の中に転がすと、別の女を捕まえた。

「やめて！　離して！」

女は激しく抵抗する。

「なにかちょうだい！　食べ物をちょうだい！」

「我慢しろ、今すぐ治療してやるから……」

「いやっ、食べたい！　食べたいのおおおっ！　食べ……っ」

女は翠珠に抱きつくと、首に歯を立てようとした。翠珠は片手でその顔を押さえつけたが、別のもう一人が腰にしがみついてきた。

「食べさせて……翠珠さま……食べさせてえええ」

正気の目ではない。口からはよだれを溢れさせ、ろれつも回らず足取りもふらふらしている。なのにしがみつく腕の力は強い。

「へ、兵長ぉ！」

向こうで悲鳴があがった。見ると英桂が女たちにのしかかられ、首や耳を舐めたり噛まれたりしている。

「すまぬ」

翠珠は呟くと一人のみぞおちに拳をいれ、もう一人のうなじに手刀を叩きいれた。

同時に崩れ落ちた二人を跳び越え、英桂のもとへ駆け寄った。

「殿下！」

「兵長、助けて！　喰われてしまう！」

英桂はうつぶせになり、頭を抱えながら叫んだ。

「どけ！」

英桂のからだから女たちを引きはがそうとするが、しっかりと胴に腕を回し離さない。奮闘していると扉が開いて桃冬をはじめとする部下たちが飛び込んできた。

「翠珠さま！　お助けします！」

「助かる！」

兵たちは片っ端から女たちを捕縛縄で縛り上げていった。中には妖に取り憑かれていない女もいたようだが、このさいよしとした。

こんな騒動の中でも昴は地道な作業を続けている。取り憑かれた女たち一人ずつに札を貼り、体内から潜餓鬼を取り出している。それは巫師の術というより、医師の業のようだった。


全ての女たちから妖を取り出すのに三限はかかった。昴の持つ潜餓鬼の袋は大きく膨れ上がり、内部からさかんに突き上げられている。昴はその口を革紐で厳重に縛り、札をこよりにして結び付けた。

「やれやれ、ようやく収まりましたね」

昴は荒らされた杏花館の広間を見回して言った。

たいした惨状だ。布製のものはことごとく引き裂かれ、大勢で暴れたために家具も壊れ、窓も割れている。杏花館の女たちは全員がぐったりと床に座り込み、片づける気力もなさそうだった。

昴が集めた妖の大袋は、兵士たちがおっかなびっくり、及び腰で荷車に載せ、裏門まで運びだした。あとで昴が引き取って山に放す手はずになっている。

「潜餓鬼という妖は庭の柘榴に巣くっていたということだが、その柘榴の木はどうすればよい？」

「あとで診に行きますが、放っておいても問題ありません。食べなければ済む話ですし、今回も一時的に妖が棲みついただけでしょう。奥宮には妖はどこにでもいる。妖がいたからといってそのたびに木を伐《き》っていたら、奥宮に緑がなくなってしまいます」

「そうか」

翠珠は窓から見える大きな柘榴の木を見つめた。重なり合う葉の中に赤い柘榴の実が揺れている。大きく実ったのは妖のせいかもしれないが、ここまで立派に育った木を伐らずにすんでほっとした。

「しかしたちの悪い妖だったな。雀を喰おうとしたぞ」

ぶつくさ言う英桂の耳や首、まぶたなどに血が滲んでいる。手の甲や指先も噛まれたらしく、赤く腫れているのが痛々しい。

「さっきも言ったが人でなければこれほど狂暴にはならないんだ。けれど人間は野生の動物よりうまいものを、たくさんの食べるものを知っている。その欲が妖も狂わせてしまうらしい」

「それにしたって」

英桂はぼやいたが、翠珠を見て目を見張った。

「うわ、兵長！　怪我をしているじゃないか！」

「え？」

言われて翠珠は自分の姿を見下ろした。

「手だよ、手！　血が出ている！」

「ああ」

すっかり忘れていた。押さえようとした女に左手の甲を噛まれたのだ。意識するとずきずき痛み出す。くっきりと歯型が残り、血が滲んでいた。

「私より殿下の傷の方が多いようです。すぐに選医室へ行ってください」

「なにを言ってるんだ！　崔は男だからいいが、兵長は女性ではないか。女性が怪我をしているところなんて見ていられるか！　痕が残ったらどうする」

英桂は大声で言うと自分の懐から手布《ハンカチ》を取り出し、翠珠の手を包もうとした。

「い、いいえ、私のこれは大したことはありませんから」

たかが手布でも英桂の使うそれは見るからに高級そうだ。そんなものを血で汚したくなくて、翠珠はあわてて断った。

「そんな我が儘《まま》を言わずに」

英桂に手首を握られ、翠珠は困って周りを見回した。

「英桂、私が手当てをしよう。おまえは選医室へ行ってろ」

昴がぽんと英桂の肩を叩き、その手を離させる。そのまま出窓へ案内され、日差しの中に手を差し出された。昴は小さな瓶に入った液体を、二、三滴ほど翠珠の手の甲に垂らした。

「ッ……」

「しみますか?」

昴の方が痛そうに、眉を寄せて聞いてきた。黄昏前の柔らかな光が昴の滑らかな頬に映え、下から見上げてくる瞳にも光が入って美しい。この無駄に濃く長いまつ毛をどうしてくれよう。そう思いながらも翠珠はちょっと見惚れた。

「翠珠さま?」

昴に呼びかけられ翠珠ははっと我に返った。

「あ、いや、大丈夫だ」

「人による噛み傷でも炎症を起こすことがあります。この薬は消毒のためのものですから、あとはこうして……」

　昴は翠珠の手に自分の手布を巻いた。

「布を当てておけばいいでしょう。しばらくしたら傷はふさがります。歯型はしばらく残るかもしれません」

「わかった、ありがとう」

　昴の手布にはかわいらしい動物の絵が刺繍されている。子供たちが彼のために施したのかもしれない。昴の本職は託児処の師匠で、みなによく慕われていた。

「なんだなんだ、昴師匠、兵長に優しいなあ」

　まだグズグズと残っていた英桂が、翠珠の背後から顔を出し、口をとがらせる。

「崔にはそんなに優しくしてくれたことないじゃないか。やっぱり師匠も美女が好きなのか？」

「英桂さま……」

　脱力する翠珠の手の上で手布をきゅっと縛り終え、昴は英桂を睨んだ。

「優しくする必要があるのか？　毎回邪魔をして。そうだ、さっきも潜餓鬼を逃がしたのはおまえのせいだった。殴ると言っておいたよな」

　昴が拳を握ると英桂はあわてて飛び退った。

「そんなぁ、崔はただ師匠に会えたのが嬉しくて。どうしてこの純粋な敬愛を受け取ってくれないのだ。崔は師匠の巫師の業《わざ》に心酔しているのだぞ」

「その口を閉じろ」

昴は英桂のあごを片手で掴んだ。

「奥宮に巫師が出入りしていることがばれたら俺は死罪だぞ」

小声で言う昴に英桂は目をパチパチさせて了解を伝える。

「英桂さま、冗談はともかく早く選医室へ行って手当てしてください」

翠珠が言うと英桂は「はいはい」と両手を挙げた。

「あ、でもその前にひとつ」

入り口の扉のところで英桂が振り向いた。

「あの妖は柘榴に潜んでいたんだろ？」

「ああ、そうだ」

「柘榴は甘くてすっぱいよな」

「ああ」

英桂が何を言いたいのかわからないと、昴は苛《いら》ついた顔をした。その彼に、皇子は
おずおずと爆弾を放り投げた。

「……さっき、夫人に会う前に、崔たちが飲んでいた甘露水、あれ、柘榴の甘露じゃ
ないの、か、な……」

「――!」

昴は腹を押さえ、翠珠は口元を押さえた。今の今まで甘露水を飲んだことも忘れていたのだ。

「ふ、巫師どの……っ」

真っ青になり吐きそうな顔をした翠珠の肩を、昴は両手で掴んだ。

「お、落ち着いて、翠珠さま！　柘榴全部に潜んでいるわけでは……!」

きっと英桂の方を向いて怒鳴る。

「英桂、おまえなんでそれを早く言わないんだ！」

「いや、あの、崔もさっき気がついて」

情けない顔で笑った皇子はいきなり腹を押さえて前かがみになった。

「ま、まずい……腹が……減った……」

「翠珠さま、まだまともですか？」

昴は目を血走らせて翠珠を振り向く。

「あ、ああ、大丈夫そうだ」

「英桂を今のうちに縛り上げてください。あいつは皇子だ、暴れだしたらだれも止められない」

翠珠は顔色を変え、皇子を見る。英桂はまだ笑みを顔に張り付かせていたが、全身がぶるぶると震えだしていた。溢れ出す狂暴な飢えに耐えているのか。

「へ、兵長、早く崔を縛ってくれ」

「わ、わかりました。失礼します」

翠珠は縄を持ち、急いで英桂をぐるぐる巻きにする。英桂は床に倒れるとその場でゴロゴロとからだを打ち付けた。

「く、食い物を！　なにか食わせろ！」

縛られたことで安心して飢えに身を任せたらしい。翠珠は英桂が転がって怪我をしないように、柱に結び直した。

「翠珠さま」

昴が札を取り出す。ぴたりと額に貼られ、翠珠は硬直した。

「すみませんが潜餓鬼がいるかどうか診《み》ますよ」

「た、頼む」

腹に昴の手が当てられた。このからだの中に妖がいるかもしれないと思うと得体の知れぬ恐怖が湧き起こる。自分も見境なくものを喰いたくなるのだろうか。食べるものがなくなれば人を襲うのだろうか？

目の前のこの美しい男を喰いたいと……思うのだろうか？

「——よかった。翠珠さまの中にはいないようです」

昴がため息をついて言った。呼吸を止めていた翠珠はほうっと長く息を吐きだす。

ついで昴は自分の額に札を貼った。そして胃の腑の上に手を当てる。

「どうだ？　巫師どの……」

「ああ……いますね」

昴は顔をしかめる。

「幸いまだ力が弱い。今から吐き出しますので見ないでくださいよ。気持ちのいいものじゃないですから」

昴はゆっくりと手をからだに沿わせて上にあげた。胸にあがり首に触れ、口を歪める。ごぼごぼっと管を水が逆流するような湿った音がした。

「……っうえっ！」

身をかがめた昴の口から小さな黒い毛玉が吐き出された。それは吐しゃ物と一緒に床に跳ねたあと、細い手足を出して逃げようとした。

「待て！」

昴が捕まえるより先に翠珠が手を伸ばしてそれを摘まみあげる。

「大丈夫だ、捕まえた」

「翠珠さま」

昴が目を丸くする。

「汚いですよ」

「あとで洗えばよい、気にするな」

翠珠が微笑みかけると昴は苦笑し、潜餓鬼を受け取った。

「これがほんとに〝お手を汚させてしまって〟ですね」

「そうだな」

笑い合う二人に、柱に縛り付けられている英桂が「ほのぼのしてんな！　なにか食わせろ！」とわめいていた……。

終ノ段

それから二日ほど経って。

夕刻、翠珠は奥宮での潜餓鬼退治の報酬を持ち、昴の託児処を訪れた。

昴は扉を開けて翠珠を確認すると、急いで中に引き入れた。

託児処はなぜかしんとしている。普段は子供たちが走り回り騒がしい場所なのに。

「子供たちは？」

「金兎《キト》がお散歩に連れていきました」

部屋の中を見回す翠珠に、昴は早口で言った。

「翠珠さま、こちらにいらっしゃることは誰かに言ってこられましたか？」

「ああ、桃冬にだけは言ってある」

翠珠は身の回りの世話を任せている直属の部下の名を言った。

「ほかに知っている人間はいないのですね？」

昴は念を押し、翠珠に椅子を勧めた。木造造りの託児処の中には、大きな丸い卓と小さな子供用の椅子がたくさん置いてある。冬ならば暖炉の火は赤々と燃えているのだろうが、今の季節では弱い火がチロチロと炭をなめているだけだった。

「どうしたのだ？」

「実は昨日、伍凍《ゴトウ》師匠がいらしたんです」

昴は以前皇宮付きの巫師だった。伍凍はそのときの師の一人で、翠珠も会ったことがある。重たげなまぶたと緩んだ笑みを浮かべた顔。穏やかな感じだったが、つかみどころのない人物という印象だった。

「伍凍師が？　なぜ」

「どうも英桂が皇宮で初代桂王のことを調べていたのがばれたようで」

「別に悪いことをしているわけではないだろう？　英桂殿下は初代王の血筋だ。身内のことを調べるのは問題ない」

「初代王のことならば、ですよ」

翠珠はピクリと眉を跳ね上げた。

「奥宮のことを調べるのが問題だというのか？」

「話が早い。そのとおりです」


その日、伍凍は供も連れず、一人でふらりと現れたそうだ。

彼は巫師の着る、前で襟をあわせる黒い沙衣《サイ》を着ていた。夏向きに絽《ろ》でできているそれは、表の風をはらんでたもとが大きく膨らんでいたという。そんな目立つ格好で色街にやってきたということ自体、なにかしらの警告めいている。

普段なら客が来ると好奇心いっぱいで覗きたがる子供たちも、伍凍の姿になにか感じたのか、扉を閉めて静かに部屋にこもっていた。

「最近殿下によくないことを吹き込んでいるようじゃないの」

伍凍は椅子に座ると煙管《えんかん》に煙草《ケムリクサ》の刻《きざみ》葉《は》を揉みながら詰め込んだ。

「よくないことって……ただどうしてあの地に皇宮が作られたか調べていただいているだけですよ」

「そりゃあ、あの地が吉兆の地だったからだろ？」

煙管をくわえた伍涑は火を要求する。昴はかまどから火のついた木片を拾い上げ、それを伍涑に渡した。刻葉に火を移し、ぱっぱと二、三度息を吐いて吸い付ける。甘く重い匂いが昴に皇宮の巫師処の穴倉を思い出させた。

「皇宮をあの場所に作れば奥宮の位置も決まります。なんであんな妖だらけの地に作ったのかということですよ」

「女は魔物だからねえ」

ぷかり、と煙を吐いて伍涑が呟く。煙は丸い輪の形になってから消えた。

「美女が集まって妖を呼んだんだよ」

「人の気が凝《こご》れば妖が湧く。しかし、奥宮には多すぎます。もともとあの地になにかあったとしか思えない」

「それで初代王のことを調べてるのか。やめとけやめとけ」

ふうっと吐かれた煙が今度は髑髏《どくろ》の形をとって昴にまとわりつく。昴はそれを手で払った。

「なぜですか。奥宮の妖を減らせるかもしれないんですよ」

「奥宮の妖は減らないよ」

伍涑のいつも眠たげな眼が一瞬強い光を放って昴を見上げた。紫煙の向こうで昴は伍凍の顔が見知らぬものに変わってゆくのを感じていた。

「え？」

「あの場所は妖の好物が多いんだよ。嫉妬や欲や愛や憎しみ……人間のさまざまな感情が渦を巻いて閉じ込められてる。今まで通り地道に妖退治をするしかないだろ」

伍凍の言葉で、昴は自分が奥宮に入り込んでいることを知られていると悟った。英桂あたりが漏らしたのかもしれない。

「伍凍師匠……」

「よしなさいよ。初代王はこの国そのものだと言っていい。国の地面をほじくり返しても、出てくるのは蟲と死体ばかりさ。幾万もの戦死者の上にこの国は建っているんだよ？　視たくないものだって当然あるだろう」

また元の半眼に戻り、伍凍は穏やかに煙を吐く。

「初代王に触れるのは禁忌だよ。……忠告はしたからね」

伍凍はそう言って卓の上で煙管を叩き、火のついた煙草の種を落とした。種は一瞬で天井にまで到達するほどの炎を吹き上げ、昴が驚いているうちに伍凍は帰ってしまった。

「初代王に触れるのは禁忌……」

翠珠は伍涑の言葉を繰り返した。

「やはり初代王はあの地に妖が多いことを知っていながら奥宮を建てたんです。なぜだ？　あの地になにがあるんだ」

昴は卓を拳で叩く。

「この国の妖に関わる重大なことが奥宮にあるんじゃないかと思います。俺はその謎を解きたい」

昴が妖に関わるのは単純に妖が好きだからだ。人も妖も同じ自然の一部。初代王の合理的なものの考え方を推し進める改革のせいで、多くの闇、多くの謎、多くの妖は隅に追いやられた。昴はそんな彼らに手を差し伸べたいのだ。

「伍涑師の警告を無視するのか？」

「無視はしませんが……託児処のこともあるので、目立たぬよう大人しく調べようと思います」

「無視じゃないか」

「年寄りに頭ごなしにするなと言われたら反発したくなりませんか？」

「おい」

翠珠は不安になったが、それが顔に出たのか昴はにやりと笑ってみせた。

「迷惑をかけているのは私の方だろう」

「迷惑など……本来はこちらから依頼したのだ、迷惑をかけているのは私の方だろう」

申し訳なく思ったが、昴は手を振って笑った。

「翠珠さまには毎回多額の給金をいただいております。気になさらないでください。おかげで子供たちに新しい肌着と靴も買ってやれましたし、これからもよろしくお願いしますよ……まあ、女装は面倒ですがね」

あえて笑い話にしてくれているのだろう。翠珠も小さく笑った。

しかし奥宮の謎は皇宮付き巫師が出てくるような問題なのだ。

翠珠は自分の護る楽園が、得体のしれない妖の苗床のように思え、かすかに背中を震わせた。

第二話

奥宮に生きている女の幽霊が出ること

翠珠が苦手なのは実家への文だ。いったい何を書けばいいのかわからない。

業務について書くことは論外だ。奥宮について書くことも厳禁だ。自分のことを書くというのがこんなに難しいことだとは思ってもいなかった。

しかし母からは、月に一度くらいは文をよこせと言われている。そのため翠珠は月に一度自室にこもる。

お父様お母様お元気ですか。翠珠は元気です。

そう書いたところで筆が止まってしまった。

そこからかれこれ一限近く、翠珠は頭を抱えている。

「翠珠さま」

声が聞こえる前からこぼれるような香りが鼻腔をくすぐった。桃冬だ。

「果茶をお持ちしました」

桃冬は静かに扉を閉めると翠珠の卓に茶器を置いた。

「たぶん翠珠さまが頭を抱えていらっしゃる頃かと思って」

「ご明察ありがとう」

　茶の供にちいさな月餅がついているのもうれしい。

「文の内容なんてたわいないことでいいんですよ。桃冬が持ってきた茶がおいしかった。桃冬がくれた月餅がうまかった、桃冬がかわいかった、みたいなことで」

「それでは桃冬の近況になってしまう」

「短い詩のようなものを添えればきっと喜ばれますよ」

「詩かあ……」

　翠珠はがしがしと頭をかいた。

「私は昔から詩や歌のたぐいが苦手でな。座って本を読んでいるより外で剣を振り回している方が好きだったから」

「翠珠さまはそれでよろしいかと」

「だが母は私がもう少し女らしければいいと思っているだろうな」

　翠珠の話を聞いていた桃冬がぽんと手を叩いた。

「そうだ、翠珠さま。四ノ夫人、舞扇《マイセン》さまの女御の静蕾《ジーライ》さまをご存じですか？」

「静蕾？」

　翠珠はちょっと考えて首をひねった。

女御は夫人の侍女だ。掃除をしたり食事の用意をしたりするのは使女で、女御は夫人とおしゃべりをしたり遊戯を楽しんだりする、いわば退屈しのぎの相手だ。たいていは夫人が自分の屋敷から連れてくる心やすいもので、四ノ夫人はその数が多い。

「ちょっと思い出せないな」

「名前の通りお優しくてかわいらしい方なんですが、とても詩に対して造詣が深くて、ときどき雪華館《シュエファ》のお庭で私たちや使女たちに詩を教えてくださるんです。翠珠さまも、一度お話しされるといいですよ、なにか素敵な詩を教えてくださるかも」

どうやら桃冬のお気に入りの女御のようだ。

「ほう……舞扇さまの女御にそんな方がいらっしゃるとはな」

「ええ。ご主人はちょっと俗っぽくて嫌みな方ですが、静蕾さまは素敵な方です」

「こら、桃冬」

館の夫人は花錬兵にとっては守るべき相手だ。そんなふうに揶揄することは礼にもとる。

翠珠が叱ると桃冬はぺろりと舌を出した。

風がたわむれに木々の梢を揺らし、白い花が池に舞い落ちる。沙羅《しゃら》の花は椿と同じように花ごと落ちるので、まるで池から咲いているようだ。

静蕾は部屋の窓から池を見つめながら、ため息をついた。

自分のため息が木々を揺らすといい。鳥を驚かして飛び立たせればいい。飛んだ鳥は故郷へ向かうだろう。そして私の愛しい思いをあの人に届けてくれるだろう……。

「どうしたの、静蕾」

同じ女御である志玲《シレイ》がそんな静蕾に声をかけた。

静蕾と志玲は四ノ夫人である舞扇と同郷だった。舞扇が奥宮にあがることになったとき、それぞれの家が是非侍女として使ってほしいと差し出した。二人とも地元では名家の娘で、奥宮で奉公したという箔が欲しい家の思いを背負ってきていた。

あわよくば皇帝の目に留まって夫人になれれば……。どの娘もそんな思いを抱いている。だが静蕾はそうではない。

「乃亮《ナイリャン》から文が来ないのよ」

静蕾は悲しげに言った。

「必ず文を書くって約束したのに。わたしは毎日書いているのに」

乃亮は静蕾の幼馴染で恋人の男だ。将来を誓い合っていると、志玲は静蕾から聞いていた。

「急に文が来なくなってもうふた月よ……おかしいわ。もしかしたら彼になにかあったのかもしれない」

「乃亮だって忙しいのよ。確か、彼の家は酒の蔵元だと言っていたわね？　今の季節は酒種《さかだね》の果実の収穫時期じゃない。毎日畑に出て働いているのよ」

志玲は静蕾の髪を手に取り、器用に編み始める。くせのない長い黒髪は、志玲が指を止めるとサラサラと滑って落ちた。

「あまり気に病まない方がいいわ。舞扇さまは暗い顔はお嫌いよ」

「ええ……」

「あらあ、静蕾さんたらまた来もしない文のことでお悩みなのかしら？」

背後から金属的な甲高い声を浴びせられ、志玲はきっと振り返った。

「梓琳《スーリン》さん、盗み聞きなんて、はしたないわよ」

赤みの強い髪を高く結い上げた女御が、意地の悪い笑みを浮かべて立っていた。大人っぽく装っているが、静蕾や志玲とあまり年が違わない少女だ。

「盗み聞きなんかじゃないわ、聞こえただけだもの」

志玲は友人を守るように立ち上がり、梓琳の前で胸をそらせた。

「静蕾は本当に悩んでいるの。茶化したりしないで！」

「きっとその文の相手には、新しい女ができたのよ」

梓琳の言葉に静蕾は顔色を変える。

「そのことをあなたに言うのが可哀そうだから文を書かないいんだわ。一度聞いてみれば？　新しいお相手はどんな方って」

「梓琳さん！」

梓琳は鶏のようなけたたましい笑い声をあげて部屋から出て行った。静蕾は窓枠に顔を伏せ泣き出してしまう。志玲はあわてて彼女のもとへ駆け寄った。

「静蕾、静蕾、大丈夫よ。あんな意地悪な梓琳の言うことなんか気にしないで」

「でも、本当はわたしもうっすらとそう考えているの。乃亮はもうわたしのことなんか忘れてしまったんじゃないかって」

静蕾は子供のようにぽろぽろと大粒の涙を零している。最近とみに彼女の情緒が不安定になっていると志玲は感じていた。

静蕾はこんな場所には向いていない。彼女は田舎のきれいな空気と優しい人々に囲まれて穏やかな日々を過ごすのが似合っているのに。

「そんなことないわ。子供の頃から約束してたんでしょう？　結婚するって。幼馴染ってうらやましいわ、私にはそんな友達はいないから」

「志玲……あなただってわたしの幼馴染じゃないの」

志玲は涙を零す静蕾の頭を胸に抱え、頭をそっと撫でてやる。

「知っているでしょう？　わたしは実の親が仕事を失敗したせいで家を出されてし

まった。あなたともさよならした。今のお義父《とう》様にひきとってもらえたから、こうしてあなたと再会できたけど……その間、お友達をつくることもなかったの」

「志玲」

静蕾は志玲の手を取った。

「ええ、わたし、ここであなたに出会えてよかった。奥宮は華やかで美しいけれど、一人だと寂しくて死んでしまっていたわ。あなたと……乃亮からの文だけが心の支えなの」

「それに詩でしょう？　私、あなたの詠む詩が大好きよ。ねえ、新しい詩はないの？　聞いてみたいわ」

志玲は励ますように静蕾の手を握り返した。静蕾は目に涙を残しながらもにっこりと笑う。

「ええ、夕べ作った詩があるわ、聞いてちょうだい」

静蕾はすっと背筋を伸ばし、花びらのような唇を開いた。細く美しい言葉が紡がれる。

志玲は目を閉じてその韻律に身を任せた。友人の美しい言葉を一言一句記憶するために。

一ノ段

「あいもかわらず、」

　翠珠は急に出現した巨大な猿の顔を拳で殴った。それはたちまち小さくなり逃げてゆく。猿に似ているが猿ではない。頭に小さな角が生え、うろこのある長い尻尾を持っているからだ。

「なんなんだ？　あいつは」

　回廊の屋根の上を走って途中で止まり、こっちを見ている妖に翠珠は呟いた。

「あいつ、絶対楽しんでますよね」

　一緒に見回りをしている桃冬が笑いながら言う。

「翠珠さまを脅かして殴ってもらうのが好きなんじゃないですか？」

「懐かれているのか、私は」

「昔飼ってたうちの犬が、普段はおとなしいのに私が犬小屋に行くと靴をくわえて持っていこうとするんですよ。父は私がかまうのが嬉しいんだって言ってましたね」

そう言われて翠珠も自分の家の犬のことを思い出す。確かに彼らはかまわれたくてよく悪さをしていた。

「無視した方がいいのだろうか」

「ちょっかいが激しくなるかもしれないので、とりあえず殴っておけばよろしいのでは？」

蒼く大きな月が回廊を照らして二人の影を黒々と映し出す。夏の夜の庭は昼の間にこもった熱を放出しているかのように生暖かい。蜜を吸う蝶も眠っているのに、甘く濃い花の香りが充満していた。

「そういえば最近妙な報告がいくつかあるんです」

桃冬が前に伸びる自分の影を見ながら言った。

「裸の女が回廊や庭を歩いていると。声をかけると逃げ出していつのまにか消えているって」

「裸の女？」

「妖なのかほんとうにただのおかしな女なのか……判断がつかなくて翠珠さまには申しあげていなかったのですが」

翠珠は鼻から息を吹き上げた。

「どちらにせよ異常があれば全部私のところに報告をあげろ」

「しかし、裸の女ですよ。ただの悪ふざけかもしれませんし、そんなことで翠珠さまをわずらわせるのも……」

桃冬が話している途中で「キーッ」と爪で石をひっかくような音がした。さっきの猿のような妖が、屋根を伝ってこちらに走ってくる。表情がないものだが、その様子にはどこか怯えたところがあった。

妖はぴょんぴょんと回廊の欄干に降り、翠珠のそばまで来た。ぶるぶると震え、顔を夜空に向けている。

「なんだ?」

妖の様子を見ていた翠珠は、桃冬に袖を引かれるまでそれに気づかなかった。

「翠珠さま、雪華館の上に……!」

桃冬に言われて顔を空に向けると、月の光の中、四ノ夫人の館の屋根の上に、女の姿があった。長い黒髪をなびかせ、一糸まとわぬ真っ白な肌をさらしている。

「あ、あれ、報告があった女ですよ!」

「あれが?」

優しい面差しに繊細な動きを見せる肢体、つま先から頭の先までどう見ても人としか思えない。

「妖じゃない、人間だ。あそこから落ちたら死んでしまう!」

翠珠と桃冬は回廊を走り雪華館へ向かった。屋根の上の女はふらふらとからだを揺らしながら歩いている。

「桃冬！　あれが誰かわかるか？」

「ええっと……」

遠目で夜だ。いくら奥宮の女たちに通じていると言っても桃冬にもわからないようだ。

「雪華館の上にいるということは、四ノ夫人のお付きのものだな。桃冬、館のものを起こせ」

「はい！」

回廊を走ってようやく雪華館にかかる橋まで到達した。だが、この位置では屋根の上の女は見えない。翠珠は欄干の上に飛び乗った。

キーキーと妖が怯えたような声をあげる。なぜ、裸の女を見て妖が怯えるのか？

「もしかしてあれは人ではないのか？」

声をかけると妖が猿に似た顔でうなずいた。言葉が通じるとは思っていなかったので驚く。

「ではなんだ、あれは。おまえたちの仲間か、妖か」

それには首を横に振る。

「人でも妖でもないだと？　ではいったいなんだ」

橋を渡った桃冬が雪華館の扉を叩く。この夜更けでは館のものたちはみな眠っている。起こすにも時間がかかるだろう。

「おまえ、大きくなれるのだろう？　私を掴んで屋根の上にあげられないか」

翠珠の言葉に妖が目を丸くする。

「うまく仕事ができたらおいしい菓子をやろう。頬がとろけるような甘い甘い菓子だぞ？　どうだ？」

いったい自分は妖相手になにを言っているのだろうと翠珠は思った。言葉を解し、人と同じように怪異に怯えるそれに、親しみさえ抱き始めているなんて。

（妖は昔からいました）

以前、昴はそう話してくれたことがある。

（妖と人が共存していた時代もあるのです。妖を恐れるのは闇を忘れた人の心……）

目の前の猿に似た妖は雪華館の屋根の上と翠珠の顔を交互に見ていたが、やがてぴょんと庭の上に降りた。

「あ、おい……」

翠珠が声をかけたとき、妖の姿が大きく膨れ上がった。

「す、翠珠さま！」

雪華館の扉を叩いていた桃冬がぎょっとした顔で叫ぶ。だがそのときには翠珠は、妖の差し出した手の上に乗っていた。

「よし、いい子だ。私をこのまま屋根の上にあげろ！」

ぐうっとからだが持ち上げられる。軽い浮遊感に翠珠は目を閉じた。全身に風が当たって気持ちよい。蒼い月が驚くほど近くに見えた。

翠珠は妖の手の中から、屋根に飛び移る。屋根の端に白い女の肢体があった。

「おまえは誰か？　官位と名を名乗れ」

翠珠は髪をなびかせる女に言った。女はぼんやりした顔で翠珠を見つめ返す。涙の粒が白い頬にいくつも零れ落ちていた。

「ナイリャンから……ふみがこないの……」

女の声は小さかったが、翠珠にははっきりと聞こえた。

「ナイリャン？　誰だそれは」

「わたしのだいじなひと……」

その言葉を残して女の姿は消えてしまった。翠珠は女が立っていた場所にゆき、膝をついてその場に手のひらを当てた。しかしわずかたりとも体温は残っていない。そこに零したはずの涙の跡もなかった。

「翠珠さま――」

下から桃冬の声がした。覗き込むと扉が開いて何人か出てきている。

「さて」

翠珠はあたりを見回した。自分を屋根にあげてくれた妖の姿はもうない。

「どうやって降りようか」

桃冬が梯子《はしご》を持ってくるまで、翠珠は高い場所から奥宮内庭の眺めを楽しんだ。


起きてきた雪華館の女たち——舞扇も含めて「ナイリャン」という名に聞き覚えはないか、と尋ねると、一人の女がおずおずと手を挙げた。梓琳という女御は、その名は同僚である女御、静蕾の恋人のものであると言った。

静蕾は集まった女たちの中にはいなかった。

「きっとまだ寝ているんですわ。こんな騒ぎになっているのに、のんきなこと」

梓琳はそう言って自分が起こしてくると館の中に走って戻った。

しばらく待つと、まだ目覚めきっていない様子で静蕾という女御が出てきた。確かにその顔はさきほど屋根の上で見たものと同じだった。そばにはもう一人女御がいて、静蕾を支えている。

「寝ていたところをすまんな」

翠珠は静蕾を自分の私室へ招いた。

「実はいましがた雪華館の上に怪異が現れた」

「まあ」

静蕾はやっと目覚めたようで、長い髪をサラサラとかきあげた。確かにこの顔だ、屋根の上にいた女は。

「すぐに姿を消してしまったのだが、その怪異がそなたに化けていた」

「まあ……」

静蕾はその異常さの重大性がわかっていないようだった。

「そなたは部屋で眠っていた、そうだな？」

「はい」

「念のため足の裏を見せてくれるか？」

翠珠は静蕾の小さく白い足を見たが、その裏は汚れてはいなかった。

「そなたが寝台にいたと証明してくれるものは？」

「同室の志玲がおります。今日も夜遅くまで一緒に話をして、互いにおやすみと言って寝台にはいりました」

「さっき一緒にいたものか？」

「そうです」

翠珠は静蕾のそばで心配そうな顔をしていた女御を思い出していた。

「わかった。志玲というものにはあとで話を聞く。ところでナイリャンという名を知っているか」

静蕾はぽっと頰を染めた。

「わたしの幼馴染で……許嫁です」

「そうか。私が屋根の上で会った怪異は、ナイリャンから文がこないと泣いていたが……そうなのか」

尋ねると静蕾はうなだれ肩を落とした。

「もしかしたら……怪異はわたしなのでしょうか？　おっしゃるとおり、乃亮からの文が来ず、わたしはいつも泣いております」

「文は一度も来ないのか？」

「いえ、わたしが舞扇さまと一緒に奥宮に入った当初は、三日と空けずに来ておりました。文が届かなくなったのはここふた月ほどのことです」

「急に来なくなったのなら、それは心配だろう」

「はい……っ」

静蕾は身を乗り出した。卓に手をつき、翠珠を懸命な目で見上げる。

「お願いです、わたしを故郷に帰してください。きっと屋根の上の怪異はわたしの夢なのです。わたしが乃亮を想ってみる夢が、外に溢れてしまったんです」

静蕾の目から涙が零れる。

「乃亮に会いたい……故郷に帰りたいんです……」


そのあと静蕾と同室である志玲に聞いたが、確かに静蕾は寝台で眠っていたと証言した。そして彼女が恋人のことを心配していることも。

「静蕾は家へ帰ったほうがいいんです」

志玲は組んだ指を神経質そうに擦り合わせた。

「今日はよく眠っていましたが、普段は眠りが浅く、私が目を覚ますといつも起きて窓の外を見ています。きっと故郷の空を思い出しているんです。静蕾が可哀そうです」

奥宮で働く女たちの管理は選宮が行う。使女や司女たちのような下働きは街の斡旋業者を利用するが、女御たちは地方豪族の娘や大商人の身内で、ほとんどが推薦や夫人が選んだものたちだ。簡単に辞めさせたり引き入れたりすることはできない。

「わかった。私から選宮に話をしてみよう」

翠珠が言うと志玲はほっとした顔をした。

「よかった。これで静蕾も元気になります」

「……そなたは静蕾と仲がいいのだな」

翠珠が言うと志玲は照れたように両手で頬を押さえた。

「同郷ですから。静蕾は私の唯一の……大事なお友達なんです」


翠珠はすぐにでも選宮に静蕾の話をしたかったが、できなかった。どんな理由をつければいいのかわからなかったのだ。屋根の上の幽霊が静蕾の顔をしていたので実家へ戻せ、という書類では受け付けてもらえないだろう。

考えあぐねて結局昴の知恵を借りることにした。

「屋根の上に幽霊ですか」

街中にある託児処に出かけたのは、それから二日経った日だ。

「静蕾の顔は私しか見ていない。だから静蕾が幽霊となったという証拠を出せと言われたら困ってしまう」

「ふーん」

昴は腕を組んで考え込む。彼の前に置いてある茶器に金兎《キト》がお茶を注いだ。翠珠の前にも茶器がひとつ置いてあった。昴の家にくるといつもこの少年がお茶を出してくれる。

藁色の髪に金色の瞳、白い肌。黒髪黒目が多くを占める成桂国では特異な容貌の彼は、実は妖と人間との間に生まれた子供だった。

　小さな兎に化けられるこの少年は、薬都製薬師になるという夢を持っている。自分で薬を作り、それを売り歩いて自分の仲間を探したいのだ。

　翠珠は昴から金兎の身元引受人になってほしいと頼まれていた。しっかりとした後ろ盾がないと薬都製薬師になるための試験も受けられない。手続きは進めているが、実家の父に許可をとるのが一番難しそうだった。

「うん、今日のお茶もおいしいよ」

　一口飲むと甘い花の香りがする。ここで出されるお茶はすべて金兎が調合したらしく、その味わいは奥宮でも得られないほど上等なものだった。

「ありがとうございます」

　藁色の前髪の下から、金兎は恥ずかしそうな愛らしい笑みを見せた。託児処には他に二歳から八歳まで七人いるが、金兎は一二歳の最年長としてよく昴を助けている。

「翠珠さま、ひとつよい案があります」

　昴が茶碗を卓に戻して言った。

「病気にしてしまえばよいのですよ。お役所仕事というのはそれらしい名前さえつければ案外通るものです」

「病気？　それはどんなものだ？」

「実際にある病なのですがね。離魂病というものです。話を聞く限り、どうもそれらしい」

「リコン……？」

「からだから魂が抜け出てしまう病です。確か五十年ほど前に報告があります」

昴は人差し指でコツコツと自分の額をつついた。整理されている記憶を取り出しているのか。

「胡南《こなん》の郷《さと》の方の地主の娘でしたか、夜な夜な川のほとりを彷徨《さまよ》っていまして、それが人が近づくと、すっと消えてしまう。本人はその頃寝台でぐっすり眠っているんですが、実は魂が抜けだして散歩していたという話です」

「なるほど、似ているな」

屋根の上の静蕾が裸だったのも魂だけだったからだろうか？

「この病で怖いのは、魂の抜けた空っぽのからだに悪いものが取り憑くことです。奥宮には妖が多い。静蕾さんという人も妖に取り憑かれる恐れがあると言えば、選宮も帰郷の許可を出さざるを得ないでしょう」

「なるほど、離魂病か……」

翠珠は明るい顔になったが、すぐに首を振った。

「いや、選医官がそんな病の診断をしてくれぬだろうな」

「だめですか」

「……しかし、」

翠珠はにやりと笑う。

「妖封じのできる占い女の言うことなら、選医官も耳を貸して診断書を書いてくれるやもしれん。以前、二ノ夫人を救い、最近では一ノ夫人の事件も解決した優秀な占い女だ」

「……それは俺にまた奥宮へ来い、と」

昴は顔をしかめた。奥宮に行くには女装必須だ。

「そう嫌がるな。奥宮にはおぬしの力が必要なのだ」

「しかし俺が奥宮に入っていることがばれてますからね、あまり頻繁には……」

「英桂殿下にはさらに口外せぬよう頼んでおく」

昴ははあっと長い息を吐いた。

「相手は伍湅師匠ですからね、ほかにも情報を仕入れる術があるかもしれません。あの人はほんとたちが悪いですから」

くすっと翠珠は笑う。それを見た昴はむっとした顔をした。

「なんですか」

「いや、お主は伍凍師に巫術を習っただけでなく、性格も似たのかもしれないと思ってな」

「よしてくださいよ。俺のどこがたちが悪いっていうんですか。いつもこんなに兵長のために働いているのに」

「うん、まあ自分では気づかないだろうな」

昴は不満げな顔をしている。それに翠珠は慰めるつもりで言った。

「そうだ。それに面白いものも見せてやれるぞ」

「おもしろいもの？」

翠珠は楽しげに片目をつぶった。

「私の新しい部下だ」


静蕾はゆるみそうになる頬を押さえながら回廊を早足で渡った。

さきほど花錬兵の兵長翠珠から、帰郷できるかもしれないという話を聞いたからだ。

今夜、占い女がくる。先日、一ノ夫人の館で起きた妖騒ぎを収めた女だ。詳しい話はしてくれなかったが、自分は魂がからだから抜け出てしまう病らしい。病気が理由なら奥宮を出ることができる。そして故郷へ帰ることができるのだ。

（乃亮、待ってて。すぐに帰るから）

この喜びを親友の志玲に伝えて、一緒に喜んでほしいと静蕾は思っていた。彼女と別れるのはつらいけれど、きっとおめでとうと言ってくれるはずだ。わたしがどんなに乃亮を愛しているか、彼に会いたがっているか、志玲はよく知っているもの。

雪華館に入ると広間には志玲はおらず、梓琳が使女たちと一緒にいた。彼女らは床に色鮮やかな絵札を広げ、絵札合わせで遊んでいるところだった。

「あら、静蕾さん。いらっしゃいよ、一緒に絵札合わせをしましょう」

静蕾の幽霊話はまだ夫人や他の女御には届いていない。翠珠が目撃したものに厳しく箝口令を敷いているためだ。

「あ、いえ、わたしは……。あの……志玲はこちらには戻っていない？」

「ええ。知らないわ」

「そう」

それではすぐに彼女に話すことはできない。静蕾はあきらめて自室へ戻ろうとした。その彼女に梓琳が声をかける。

「なあに、静蕾さん。ずいぶん楽しそうじゃない、この間までは毎日めそめそしてたのに。恋しいお方から文がやっと届いたのかしら」

嫌みっぽい口調に静蕾は足を止め、振り向く。

「ええ、とっても嬉しいの。故郷に帰ることができるかもしれないんですもの。文なんかじゃなくて、すぐに顔を見ることができるわ」

「あらあら」

　梓琳は手元の札をひっくり返し、持っていた絵札と揃えた。

「それはよかったこと。だけどそんなに喜んでていいのかしら」

「どういうこと？」

　梓琳は絵札を指先でひらひらと動かした。

「故郷へ戻ったらその目で真実をみることになるからよ。愛しい男がほかの女と一緒にいるところをね」

「なんですって」

「前にも言ったでしょう？　ふた月も文が来ないなんて心変わりの証拠よ。あなたがその目で事実を見て、平静でいられるのかしらって、みんな心配してるわよ」

　ねえ、と梓琳は自分の使女たちを見回して言う。彼女たちは曖昧な笑みを浮かべ、頼りなげに首を動かした。

「みんなって……」

「館の女たちみーんな。そうそう、あなたのお友達もね」

「うそつき！　志玲がそんなこと言うはずないわ！」

「あら、じゃあ聞いてみればいいじゃない、ほら」

梓琳があごで指し示した扉の外に、志玲が立っていた。志玲は広間の空気の重さにとまどった顔をしている。

「志玲！」

「どうしたの、静蕾」

志玲は突然涙を溢れさせる静蕾に駆け寄った。

「また梓琳に意地悪を言われたのね、お部屋にいきましょう」

志玲は静蕾の肩を抱き、梓琳をきつい目で見た。梓琳は肩をすくめると、再び絵札を拾い出す。

志玲は静蕾と一緒に部屋に戻ると、彼女を寝台に座らせた。

「どうしたの？　泣かないで、静蕾」

「わ、わたし……」

静蕾は故郷に帰れるかもしれないこと、しかし、梓琳に言われたことが不安になっていると正直に話した。

「ほんとうに乃亮にいい人がいたらどうしよう……志玲もそう思ってるって梓琳が言うのよ」

「それは――」

黙ってしまった志玲に静蕾ははっと顔をあげた。

「ほんとにそう思ってるの？　乃亮にそんな人がいるって！」

「そんなのわからないわ。でも、ちらっと考えたことは確かよ……」

志玲は弱々しく答えて目線を外した。静蕾は真っ青になった。

「だ、だけど、故郷に帰れるのだから自分で確かめることができるじゃないの。きっと彼に会えば今までのことが杞憂だったってわかるわ、大丈夫よ静蕾。しっかりして」

「わ、わたし……」

静蕾はふるえる手で顔を覆った。

「わたし……帰りたくない、いいえ……帰りたい。でも、ほんとに乃亮が……ああっ」

寝台に身を投げ出して静蕾は泣き出した。

「どうしたらいいの?!　わたしはどうしたらいいの?!」

「静蕾……」

志玲はむせび泣く友人の背を優しくなでた。

「かわいそうな静蕾……あなたは奥宮にくるには心が弱すぎる。どうしてここへ来ちゃったの……」

「帰りたい……帰りたくない……帰りたい……」

静蕾のすすり泣きは止まなかった。

二ノ段

その夜、密かに門を通ってきたものがいる。街の占い女だ。兵長の翠珠が呼んだということで、門番は怪しまず彼女を通した。

「最近はもう誰何《すいか》もされなくなりましたよ」

桃冬と一緒に翠珠の私室へやってきた昴は苦笑して言った。顔を隠す薄布、胸元に下がる祈札、いつもの通りの占い女の扮装だ。

「お主は一ノ夫人の館の妖騒ぎを収めた占い女だからな。みんな信用しているんだ」

「これさえなければ女装もそんなに苦ではないんですがね」

昴は苦乙の葉を摘まむ。声だけは変えられないので毎回舌がしびれるような苦い葉を噛まなければならない。

「慣れてくれたのは重畳」

昴はむうっと口を曲げて腕を組んだが、ふと思い出して言った。

「そういえばおもしろい部下がいるとおっしゃっていましたね」

「ああ、そうだった。ぜひお主に紹介したかったんだ。えーっと」

翠珠はきょろきょろと部屋を見回した。

「いるのか、阿猿《アエン》」

声に応えて天井から卓の上にドサリと落ちてきたものがあった。それを見て昴は目を疑った。

「なんです、こいつは！」

「さあな。お主の方が詳しいだろう？　妖なんだから」

卓の上でキイッと声をあげたのは猿に似た妖だ。蛇のような長い尾でバタンバタンと卓を叩く。

「妖って……まさかこいつが部下なんですか？」

「ああ、菓子で雇った。すごいぞ、こいつは。大きくも小さくもなれるんだ」

翠珠が指先でけむくじゃらな頭をかくと、気持ちよさそうに目を細めた。

「いいんですか？　国としては妖はいないことになっているんでしょう？」

「仕方ないだろう。目の前にあるものをないとは言えない、なあ、阿猿」

翠珠の言葉にそのとおりだといわんばかりに猿がうなずく。

「名前までつけて」

昴は少し非難するように言った。

「猿に似ているから阿猿だ。ほかに呼びようがなくてな」

「名付けの才能がないんですね。犬にはシロとかクロとかつける性格でしょう」

「失礼だな。うちで飼っていた犬はグルグルとブルブルだ」

その名を聞いて昴は鼻にしわを寄せた。

「……まさかグルグル回っていたからグルグルとか？」

「おお、よくわかったな」

「やっぱり名付けの才能がない」

「うるさい」

卓を叩いた翠珠の手に、阿猿がしがみつく。尻尾がくるりと手首まで絡んだ。

「別にいいんですけどね。そのうち山に返したほうがいいですよ」

「なぜだ？」

肩まで上ってきた阿猿を指先で撫でながら翠珠が聞き返す。

「妖は長生きです。翠珠さまがお亡くなりになったあとも生き続けるでしょう。人に馴れた妖に遺される悲しみを与えるつもりですか」

翠珠は肩の上の妖を両手で抱いて卓の上に戻した。

「そうか。そうだな……」

頭を撫でると阿猿はころりと転がって腹を見せる。

「家で飼っていた犬や馬たちは私より寿命が短かったからついそんな気でいた……彼らが死んでしまったときの悲しい気持ちは私もよく知っているのにな。かわいそうなことをするところだった。この子はあとで巫師どのに預けよう」

　翠珠が妖の腹を撫でていると、やがて目を閉じて眠ってしまった。翠珠はそれを書棚にそっと運んだ。

「翠珠さまも妖に慣れてきましたね」

「仕方ないだろう、奥宮自体が妖の巣のようなものだからな」

「妖の巣か……」

　奥宮に妖が多い理由はまだわからない。あれ以来、英桂からも連絡はなかった。

「それで昨日話した静蕾の幽霊の件だが、魂が抜け出るほかに、妖が絡んでいるということはないのか？」

「人の姿そっくりに化ける妖はいますので、本当に静蕾という人の幽霊なのか妖なのか、この目で見てみないとわかりませんね」

　うんうん、と翠珠はうなずく。

「そのために今夜来てもらった。ふた晩続けて出ているので、もしかしたら今夜も出るかもしれないのでな。時間がくるまで部屋に待機しててくれ」

「わかりました」と、昴はため息まじりに了解した。

その夜遅く、昴は扉を激しく叩く音で起こされた。占い女の衣装のまま眠っていたので、頭から薄布をかぶっただけで部屋を出た。部屋の前では桃冬が待っている。

「出ましたか？」

「出た。出たんだけど……」

「だけど？」

「二人、出たの。しかも争っている。なんなのあれ」

「なんですって？」

桃冬に連れられて回廊をゆくと、内庭の花の中に翠珠が立っていた。

「翠珠さま」

桃冬が呼ぶと、翠珠は、所在なさげな子供のような顔で振り向いた。

「幽霊はどこです？」

昴が言うと翠珠は首を緩く振る。

「さっき消えた」

「二人出たんですって？」

翠珠は内庭から回廊へあがった。

「そうだ、まったく同じ静蕾の顔をしていた。その二人が互いに掴みあって争って……同時に消えてしまった。止める間もなかった」

「止めて聞いたかどうか。とりあえず静蕾さんの寝室に行きましょう」

歩きながら翠珠は自分の見たものを話した。桃冬と見回っていたらまた裸の静蕾を見つけた。彼女は内庭の中を悲しげな顔で所在なく歩き回っていた。声をかけようとしたらもう一人の静蕾が現れ、いきなり片割れの首を絞めたのだという。

「絞められた方も相手の首を絞めていた。急いで桃冬をお主の部屋に行かせたが、そのすぐあとに消えてしまって……しばらく庭の中を捜したがどちらもいなかった」

翠珠は心配そうに昴を見上げた。

「どう思う？　どちらかが妖ということはないか？」

「それは……非常にまれなことですが、どっちも魂という可能性の方が高いですね」

「そうなると――どうなるんだ？」

昴は硬い表情で首を振る。予想はしているが口にしたくないという素振りだったので翠珠もそれ以上尋ねなかった。

雪華館の扉を叩くと、使女が寝ぼけ眼で開けてくれた。すぐに静蕾を呼んでほしいと頼んだが、舞扇の許可がいるということでしばらく待たされてしまった。

やがてバタバタと慌てふためいた足音がして、さきほどの使女が怯えた顔で戻ってきた。それからすぐあとに大きな悲鳴が。

「入るぞ」

翠珠は昴と桃冬を連れて雪華館の中へ駆け込んだ。途切れない悲鳴を追って部屋のひとつに入ると、志玲が静蕾の寝台に取りすがって声をあげていた。

「静蕾！　静蕾！　起きてよ、ねえ！　嘘よ！」

翠珠は志玲の肩を抱いてその場から退けようとしたが、彼女は動かない。

「静蕾！　静蕾！」

翠珠が桃冬に目配せする。桃冬はうなずいて、志玲の脇の下から両手を入れ、無理やり引きはがした。志玲は泣き叫び、獣のように暴れる。

「見てくれ」

翠珠の言葉にすぐに昴が静蕾の脈を取り、まぶたを裏返す。鼻に顔を近づけ呼吸も確認した。

「……死んでます」

首を横に振りながら昴が答えた。

「原因は？」

「外傷はありません。自然に呼吸が止まったとしか」

「――二人の静蕾が争ったことと関係があるか？」

「離魂病の記録にあったことなんですが」

昴は静蕾の両手をとって胸の上で組ませた。

「矛盾した魂が互いに攻撃しあうというものです。文学で心が引き裂かれたと言いますよね。実際、そうなると本体は死んでしまう。からだは心の入れ物ですから」

「矛盾……。彼女は何に迷っていたのだ」

翠珠は桃冬が抑えている志玲に目を向けた。志玲は目を見開き呆然とした表情で涙を零している。

「志玲……そなたは静蕾の親友だ。彼女がなにに苦しんでいたのか、どんな矛盾に引き裂かれていたのか、知っているのか？」

「矛盾……？　引き裂かれた……？」

志玲は翠珠の言葉を繰り返した。

「静蕾は……迷ってたわ……帰りたい、帰りたくないって……。乃亮の本心を知るのが怖いって……。静蕾は弱い……心が弱すぎた……」

ひくっと志玲は喉の奥で浅い息をした。

「馬鹿よ、静蕾……そんなあなたがどうして奥宮なんかに来たの……あなたさえ来なければ……こんなことにはならなかったのに……」

ひくり、ひくりと、志玲は吸った息が肺に入っていかないのか、大きく浅く喘ぐ。

そのうち呼吸の仕方も忘れたのか、息をつまらせがくがくとからだを震わせ始めた。

「おい、志玲、大丈夫か。息をしろ！　まずは吐け、そして吸え！」

翠珠は志玲の耳元で怒鳴り、からだを支えた。その言葉に志玲が必死で息を吐きだそうとする。

他の女御や使女たちも開け放たれた扉から顔を出し、覗き込んできた。

「桃冬、昴。この場は任せる。私は舞扇さまのところへ行ってくる」

「わかりました」

昴に目配せして、翠珠は部屋の外へ出た。その翠珠にぶつかるような勢いで女御がすがりついてきた。

「翠珠さま、静蕾さんが亡くなったって……本当なんですか？」

梓琳だ。血の気の引いた青い顔で尋ねる。翠珠はうなずいた。

「そんな……。故郷へ戻れるって……恋人に会えるってあんなに楽しみにしていたのに……。私、うらやましくていつも意地悪言ってて……どうしよう……」

梓琳がわっと泣き出した。

「みな、部屋に戻りなさい」

翠珠は女たちを見回して言った。

「静蕾の死についてはあとで選医官から詳しく伝えてもらう。舞扇さまからもなにかお達しがあるだろう。とりあえず夜も遅い。部屋に戻って静かに休みなさい」

泣きじゃくる梓琳は別の女御に背を抱かれ自室へ戻った。使女たちも不安そうな顔をしていたが部屋へ戻りだした。だが、中に一人、立ち尽くしている使女がいた。

「そなたも戻りなさい」

年若い使女はなにか言いたげに口を開け、だがためらって下を向く。

「そなたは？」

「あ、あの、あたしは鈴児《リンルー》って言います。静蕾さまの使女で」

「そうか。では驚いただろうな……だが、今はおまえも部屋に戻りなさい。戻って静蕾の冥福を祈りなさい」

「あの、あの、あたし……ああ、どうしよう」

鈴児は両手で顔を覆って泣きながら翠珠の前から駆けだしていった。

翠珠はこのとき鈴児という使女が、主人を亡くして動転しているのだろうと思っただけだった。そのことをあとから後悔する。なぜちゃんと話を聞かなかったのか、と。

三ノ段

昴はその夜、奥宮に泊まった。託児処に戻ってもよかったのだが、死んだ静蕾のことが気になったからだ。

静蕾の霊魂を確認し離魂病であると診断をするだけだったのに、彼女は死んだ。昴の責任ではないが、なにかもっとよい方法があったのではないかと考えてしまう。

人の魂とは不思議なものだ。自分自身ですら殺してしまうほどの強い思い、これは妖にはないだろう。

そんなことをうつらうつらと考えていたら、明け方まであまりよく眠れなかった。

「巫師どの、起きてますか」

桃冬が遠慮がちに扉を叩く。昴は重い頭のままからだを起こして扉を開いた。

「朝早くからすみません。実は今朝、もう一人死んでいるのが見つかって」

桃冬が昴を連れて行ったのは雪華館から回廊へとかかる橋のたもとだった。そこには翠珠と他に二人の兵、それに選医官の真己斐がいた。

「翠珠さま」

近寄ると翠珠は苦乙の葉を噛んだような顔をして昴を見あげた。その足下に一人の少女が横たわっている。

「これは……」

「雪華館の使女だ。たしか鈴児と言った」

翠珠は前髪を片手でかきあげた。

「死因はなんですか？」

昴は地面に膝をついて鈴児のからだを診ていた選医官に聞いた。

「自死だ」

選医官はあっさりと答えた。

「自死、ですって？」

死んだ少女の首に布が巻き付いている。選医官はそれを指さし、肩を軽くすくめた。

「この布を輪にして欄干にかけ、それに首を入れて」

昴もしゃがんで少女のからだを検《あらた》めた。首を絞めた布は柔らかく、しなやかな絹のようだった。

「昨日、何か私に言いたそうだったのだ。あのときちゃんと話を聞いてやっていればこんなことにはならなかったかもしれん」

翠珠はパシンと自分の手のひらに拳を打ち付けた。

「彼女は昨日亡くなった静蕾の使女だった。主人のあとを追ったのだろうか。昨日もっと慰めてやればよかった。静蕾も鈴児も……私がちゃんと動かなかったから死んだようなものだ」

　自分を責める翠珠に桃冬がとりすがる。

「そんなことはないです、翠珠さま！　静蕾さまは自分で自分の魂を殺したのだし、鈴児は自死です。翠珠さまのせいじゃありません！」

　だが翠珠は暗い瞳を少女の遺体に向けたままだ。

「私も桃冬さんの言う通りだと思います。少なくとも鈴児の死に翠珠さまは関係ない」

　え？　と翠珠が昴に目を向ける。昴は遺体の下衣の裾を持ち上げて見せた。

「ここを見てください」

　言われて見るとすそが朱色に染まっている。

「なんだと思いますか」

　翠珠はしゃがみ、裾の色に触れた。それはすぐに指先に移った。

「……粉のようだな」

「おそらく、これは百合の花粉です」

　昴は親指と人差し指の間に粉をつまみ、軽く指を擦り合わせた。

「花粉？」

「子供たちと山に遊びにいったとき、山百合がたくさん咲いていました。子供たちがその場所ではしゃいで服にたくさんの花粉をつけて帰ってきて、難儀をしました。百合の花粉は色が濃い上、粘着性があって、なかなかとれません」

昴は立ち上がると周りを見回した。

「しかしご覧のようにこの場には百合はありません」

翠珠も立ち上がりあちこちを見回した。たしかにここは橋のたもとで、池の岸に生えているのは蒲《がま》の穂だけだ。

「どういう意味だ？　百合の花粉など、いつでもつけられるだろう」

「この人の服は寝衣じゃないんですか？　寝衣のまま外へ出歩いたのでしょうか」

「ここにくる前に百合の中を通ったかもしれん」

「雪華館からこの橋を渡って欄干で首を吊る間のどこに百合があるんです」

いやな沈黙が降りた。全員が昴の言葉の意味を考え、同時に思い当たったのだろう。

「まさか、誰かが――百合の花の咲いている場所で鈴児を殺して……」

「百合の咲いているところを調べる必要がありますね！」

桃冬が元気よく言う。

「私、調べてきます」

駆け出してゆく部下の背中を見て、翠珠は重いため息をついた。

「まさか奥宮で人殺しなど……」

「もうひとつ、ひっかかる点があります」

昴は再びしゃがんで鈴児の首に絡みついている布を指で引いた。

「この布、使女が持つには上等すぎると思いませんか？」

なめらかで光沢のある布。長さ的に衣服の腰を縛るものだと思われる。

「選衣官《せんい》に確認させよう」

翠珠は膝をつき、丁寧にその布を鈴児の首からほどいた。

「彼女がなぜ殺されたのか――死ななければならなかったのか……調べる。鈴児の部屋に行こう」


一般の使女たちは奥宮の東西に造られた長房で共同生活を送っている。だが、館付きの使女は、朝早くから夜遅くまで夫人や女御たちの用事をこなすので、館の中に四人一組の部屋をもらっていた。

雪華館へ行くと、四ノ夫人の舞扇が翠珠を迎えてくれた。朝早かったが髪をきちんと結い上げ、華美な衣装に身を包んでいる。

「静蕾に続いて彼女の使女も死んだというじゃありませんか。いったいどうなっているの！　花錬兵は走り回るだけが仕事なの?!」

舞扇は厳しい口調で言った。翠珠も昴も頭をさげて、とげとげしい言葉が過ぎ去っていくのを待つ。

「今、調査中です」

「あたくしの館で自死のものが出るなんて……人聞きの悪い。使女の部屋はすぐに片づけてちょうだい」

「はい。調べたらすぐに」

舞扇の後ろには梓琳と志玲もいた。二人ともすっかり消沈して暗い顔つきでうなだれている。

翠珠は昴と一緒に鈴児が入っていた使女の部屋に向かった。

館の中の使女たちの部屋には、寝台が四つとその頭の方に小さな箪笥《たんす》が置いてある。彼女たちは私物をその箪笥にいれるのだが、そもそもあまりものを持ってはいない。開けた箪笥には衣服くらいしか入っていなかった。

「これは」

畳まれた服の上に何通かの文が置いてあった。差出人を見ると鈴児の家族らしい。

昴がさっと翠珠の手から文を奪った。

「おい」

昴はためらいなく文を開く。子供が書くような下手な手で文章が綴られていた。

「鈴児宛の文だぞ。他人が見ていいものではない」

「鈴児を知るためですよ。内容は口外しません」

文には家族の近況と鈴児を労わる内容しかなかった。他のも概ねそうだったが……。

「翠珠さま」

昴が三通目の文を翠珠に見せた。そこには金を送ってくれて感謝しているとの文面があった。

「使女の給金ってどうなっているんです？」

「あ？　ああ、奥宮にあがる前に支度金というのが支給される。そのあとは毎年、新年を迎える前に支給される」

昴は文の最後の方に記されている日付を見せた。

「この文が来たのはつい先日のようです。夏に給金は支給されない？」

「そのはずだ。まあ、前借りというのもあるが」

「鈴児は給金の前借りをして家族に金を送ったのでしょうか」

給金のことを気にする昴に翠珠は首を傾げた。

「それが何か関係があるのか？」

「お金の動きというのは人の動きと同じです。正常ではない動きをしたとき、そこになにか原因があります」

昴の言葉に翠珠は一緒についてきていた兵を振り返った。

「選宮官に鈴児の給金について聞いてくれ。最近前借りをしたかどうか」

「はい」

兵はウサギのように駆けだしてゆく。

「ほかに気になった点は？」

「これなんか、いかにも、じゃないですか？」

昴は重なった服の下から木製の箱を持ち上げた。飾りのない、皿などをいれるような平たい箱だ。確かに〝いかにも〟気になる箱だ。

「なにがはいっているのだ？」

昴がその蓋を開けると、中に入っていたのはたくさんの文だった。一目で先ほどの鈴児宛のものとは違うとわかる上等な紙、それに美しい文字。

「これは……」

驚いたことに宛名は静蕾とあった。他には乃亮宛。

「静蕾が乃亮に出した文ではないか！　それに乃亮から来た手紙」

静蕾の実家から来ているものもあった。

「鈴児が乃亮さんから静蕾さんへの文を隠していたということですか？　そんなことができるのですか？」

翠珠は顔を押さえた。

「……できる」

文が届かない理由――それがこんなに簡単なことだったなんて。

「文は選宮房の書科へ届くのだが、女御は文を出すのも受け取るのも自分の使女にさせるのだ。だから……鈴児が渡さなければ静蕾は手紙が届いていないと思うだろう」

自分の使女が文を渡さないなどということを考えもしない、それが女御だ。

「そんな。文が来ているかどうかなんて自分で選宮房へ行って確かめれば済む話じゃないですか」

「おそらく静蕾は鈴児を疑ってもいなかったのだろう……」

翠珠は私室で話した静蕾の印象を思い出していた。優しくおとなしい女だった。触れたらそのまま倒れてしまう水仙の花のように線が細い。

「鈴児が自死したのは静蕾の文を隠したことによる罪悪感なのだろうか？」

呟く翠珠に昴はちょっとだけ眉をあげた。

「翠珠さまはまだ鈴児が自死だと？」

「人殺しが奥宮にいると考えるよりましだ」

そこへ先ほど選宮房へ行った兵が戻ってきた。往復を懸命に走ったらしく、はあはあと息を弾ませている。

「兵長、選宮官から鈴児の給金について聞いてきました」

「ああ、どうだった？」

「調べでは給金は通常通り新年に支払われているそうです。鈴児は前借りなどはしていません」

それを聞いてうなずいたのは昴だ。

「ということは、鈴児が送った金は別の場所から出ているということですね」

そして翠珠に文の束を見せる。

「これが彼女の金の元なのかもしれません」

「盗んだ文が？」

「使女が主人の文を盗んでも一文にもならない。でも、金になるなら盗む」

翠珠は首を振った。

「私には……よくわからない」

「翠珠さまは真っ直ぐなお方です。おそらくそんなことをお考えになったことはないのでしょう」

聞きたくないな、と翠珠は思った。だが、奥宮の治安を任されている兵長としては聞くべきだ。

「お主の考えは？」

「誰かが静蕾さんを苦しめるために、鈴児を使って盗ませた。金まで払って」

やっぱり聞きたくなかった。そんな陰湿な悪意が存在するなど知りたくもなかったのだ。

「翠珠さま」

廊下を走る軽い足音が近づいてくる。桃冬が扉を開けて顔を覗かせた。彼女もまた額に汗を浮かべている。

「百合の咲いている場所を発見しました。たぶん、そこじゃないかと思います」

そういう桃冬の服にも赤い花粉がついている。それを確認して翠珠はうなずいた。

「わかった、行こう」


「ここです」

桃冬の案内した場所には白地に赤い線の入った大きな百合がたくさん咲いていた。重たげな頭から突き出す雄蕊《おしべ》を指で触れると、確かに朱色の花粉がつく。

「このあたり、花が折れていたり踏まれたりしています」

桃冬の言う通り、その場所は踏み荒らされていた。まるで誰かが争ったように。

「ここで犯行が行われたとしたら、もう一人の衣服にも花粉がつくはずですね」

地面にしゃがんで、踏まれた葉に指で触れていた昴が言った。

「そうだな……」

翠珠は指先を汚した花粉を見つめる。手のひらに擦ると擦り傷のような跡が残った。

「調べていただきたい場所があと二箇所あるんですが」

昴の言葉に翠珠は憂鬱な顔でうなずいた。

四ノ段

翠珠たちが再度、雪華館に赴くと、すぐに舞扇の部屋へ来るようにと言われた。

舞扇は顔に手布をかけ寝椅子に横たわっていたが、翠珠たちが入っていくと驚いた猫のように飛び起きた。

「なにが起こっているの?!」

「は？」

いきなりの言葉に意味がわからない。

「この館になにが起こっているのかと言っているのよ！」

いつも美しく結い上げられている舞扇の髪が乱れている。顔色も悪かった。

「それは……静蕾さんが亡くなったことですか？　それとも鈴児の死についてですか？」

「違うわ、志玲よ！」

翠珠は昴と顔を見合わせた。ここで志玲の名が出てくるとは思わなかったからだ。

「志玲さんがどうしたというのですか？」

「様子がおかしいのよ。部屋の中で大声をあげたり、見えないだれかとしゃべっていたり。あたくしの言うことも聞かないのよ！」

舞扇は両腕を抱いてぶるっと身を震わせた。

「――静蕾も志玲もあたくしが故郷からつれてきた娘たちなのよ。奥宮に勤めるということは一種の勲章のようなもの、娘の価値はぐんとあがるわ。だからどの家も自慢の娘を出したがる……」

「わかっています。女御たちはそれぞれ名家の方々ですね」

舞扇はいらいらとした様子で寝椅子の周りを歩き回った。長下衣の裾が部屋靴の先に蹴られて大きく翻る。

「あたくしにはそんな彼女たちを預かった責任があるの。なのに静蕾が死んで、今また志玲がおかしくなるなんて……この館は呪われているんじゃないの？　妖にとり憑かれているんじゃないの？」

「今回妖は――」

言おうとした翠珠を昴が手をあげて止めた。

「その通りかもしれません。今いろいろと調べて、少なくとも鈴児の死に関してはわかったことがあります。それを確認するために志玲さんにお会いしたいのですが、よろしいですか？」

丁寧な言い方だが否と言わせぬ口調で昴は舞扇に言った。舞扇は形のいい爪を歯で噛み、夫人らしからぬ乱暴な振る舞いで、どかりと寝椅子の上に座る。

「好きにして。そしてさっさと解決して」

翠珠は挨拶して昴とともに退出した。

「志玲がおかしくなったとは……予想外だったな」

「そうでもありませんよ」

翠珠の言葉に昴はそっけなく返した。

「そうか？　しっかりとした意志の強い娘だと思っていたのだが」

「……親友だったんでしょう？　志玲さんと静蕾さんは」

志玲の部屋の前には女たちが集まっていた。扉に耳をつけ、深刻な顔で、あるいは好奇心に満ちた顔で、ひそひそと話し合っている。志玲の奇矯は館の女たちに知れ渡っているらしい。

「みな、自室に戻りなさい」

翠珠が声をかけると蜘蛛の子を散らすように逃げてゆく。中に一人残ったものがいた。梓琳だ。

「志玲はどうしてしまったのですか」

梓琳は責めるようなまなざしで翠珠を見つめた。

「それは……友人を失ったせいもあるだろう」

梓琳は首を激しく振った。結った髪についた飾りがシャラシャラと鳴る。

「あの人はそんなことで壊れるような弱い人間じゃないわ」

「そなたは志玲と静蕾の関係をよく知っているのか？」

「あの二人が同郷なのは知ってるわ。二人とも裕福な家の娘で、昔馴染みだったって。でもしばらくは疎遠になってて、奥宮で再会したって喜んでた」

梓琳は下げた手で長下衣をぎゅっと握った。

「あの二人、仲がよくてうらやましくて、ときどき意地悪は言ったけど、死ねばいいなんて思ったことはなかったわ」

「さっきもそう言っていたな。そなたは本当は彼女たちと親しくなりたかっただけなのだな」

「……」

　翠珠が優しく言うと、梓琳は目に涙を浮かべうなずいた。

「静蕾の恋人から文が来なくなったのをからかって……ひどいことを言ったの。謝りたいわ」

「今からでも祈りは届く。静蕾のために祈りなさい」

「志玲をバカにしたことも謝りたい……彼女、元にもどるわよね？」

　梓琳は必死な様子で翠珠の胸にすがりついた。

「バカにした？」

「彼女、詩が苦手で……一生懸命勉強しているの、知ってるのに、……私、いつもからかって。謝ることができるかしら」

「大丈夫だ。きっとそなたの思いは通じるよ」

　大粒の涙をこぼす梓琳の肩を、翠珠は優しく撫でた。梓琳は涙をぬぐい、しおしおとした様子で自分の部屋に戻った。

　昴は志玲のいる部屋の扉に触れた。中から志玲の大声が聞こえてくる。確かに誰かを罵っているようだ。

「翠珠さま、入りますよ」

「うむ」

昴は扉を押し開けた。

部屋の中は荒れていた。棚は倒れ、飾ってあったらしい皿や壷は粉々に砕けている。衣装もひっかき回したのか、床に散らばっていた。

その部屋の真ん中で大きく肩を上下させ、志玲が立っている。

「……なんのご用ですか、兵長」

志玲はうつろな目を向けてきた。

「そなたに聞きたいことがあってな」

「あら、わざわざ来ていただかなくても私から出向きましたのに。お部屋の中がこんなに散らかってて恥ずかしいわ。少し待っていてくださる？　今片づけますわ」

志玲は甲高い声で陽気な様子を装った。衣服を片づけようとしてとりあげ、それを寝台の上に放る。その上に割れた皿も無造作に重ねた。

「いや、いいのだ、志玲。それよりこれを見てほしい」

翠珠は持っていた布袋の中からずるりと長い薄衣を取り出した。

「これはそなたの服だな」

「……」

志玲は不思議そうな顔で翠珠の手の中の衣を見た。だが、翠珠がそれを広げて床の上に立たせたとき、まるで足下に炎が燃え広がったかのように飛び退いた。

「し、知りません！」

「これを見つけるのに苦労した。洗濯にも出されていなかったし、塵芥の中にもなかった。なかったのは塵芥の係のものが、捨てるにはもったいないからとしまい込んでいたからだ」

翠珠は衣の裾の部分を指さした。

「裾の方が赤く汚れている。係のものはこのくらいの汚れは気にしないと言った……志玲、この赤い汚れはなんのものかわかるな？」

「知りません！　そんな服、見たこともありません！」

志玲は背を向け、服を見もしない。

「この汚れは百合の花粉だ。今朝死んでいた鈴児の服の裾にもついていた。志玲、おまえはこの花粉をどこでつけたのだ？」

「だから、そんな服は――」

「選衣官にも聞いた。この服は外で買われたものでなく、奥宮で作られた服だ。注文者はそなただ。そしてこの腰紐」

翠珠が袋から取り出した腰紐をちらりと見て、志玲が小さな悲鳴をあげる。

「これはこの衣服のものだと、選衣官は言った。どこにあったのかはわかるな？」

よろよろと志玲は後ろに下がり、寝台にぶつかって床に尻をついた。

「死んだ鈴児は静蕾さんが出した文や、届いた文を彼女に渡さずにため込んでいた」

今まで黙っていた昴が言った。

「使女が主人の文を盗んでなんの得があるでしょう。とくに静蕾さんは文を心から待っていたのに」

昴は懐から何通かの文を取り出した。

「読めば静蕾さんと乃亮さんがどれほど互いを想い合っているかわかる、美しい文です。なぜ鈴児はその文を隠したのか」

志玲を見るとうつむいて前髪で顔を隠している。彼女に話す意思はないと見て、昴は続けた。

「ここからは推測ですが、鈴児は誰かに頼まれて静蕾さんの文を盗んでいたのでしょう。給金ではない金を仕送りしているのはふた月前。ちょうど静蕾さんに文が届かなくなった頃です。では誰がそんなことをさせたのか」

翠珠は志玲のそばに行き、膝をついて彼女の顔を覗き込んだ。

「そなたなのか？」

「……っ」

志玲は荒い息を吐く。

「そなたが鈴児に金をやり、文を盗ませた。違うなら違うと言え」

「ち、……」

「証拠はないのだ。違うと言え。そなたは静蕾の親友だったはずだ。親友を苦しめるようなことをするわけがない、そうだろ？」

志玲は寝台に手をつき、持ち上げるようにしてからだを起こした。それから布団の上に重ねた皿を見て、それを手に取り――壁に投げつけた。

ガチャン！　とひどい音がした。

「親友なんかじゃありません」

「志玲……」

志玲は翠珠に背を向けたまま、傷ついた壁を見つめていた。

「私と静蕾が友人なんかになれるわけがない。身分が違うんです」

「身分？　しかしそなたらは舞扇さまの故郷では同じ名家の出だと」

「家の身分じゃありません。出自の……、人としての身分です」

志玲は床の上の衣服をとり、それをビリビリと引き裂き始めた。

「私は養女です。私の家は町の煙草店でした。小さいけれど人気のある店。両親も健在で愛されて育ちました」

ビリリ、ビリリ……志玲の指先で布が細かく裂かれてゆく。

「でも商売がうまくいかなくなり、店は潰れ、私は——遊郭へ売られました」

かける言葉を知らず、翠珠は黙って聞いていた。

「そこで育って旦那をとることになったとき、私を引き取ったのが今の義父です。最初は愛玩娘として、そのあとは舞扇さまのお付きとして送り出されました。陛下の目に留まればよし、留まらずとも奥宮出ということで価値があがり、よりよい家に嫁ぐことができる……義父の計算です。愛情ではなく、相手の家を利用するために」

志玲は笑みを浮かべたが、それは翠珠をぞっとさせただけだった。

「それでも私は奥宮に来て自由になれたと思いました。ここでのしあがって二度と家には戻らない、……でも……静蕾がいた」

ぎゅっと志玲は手の中のちぎれた布を握りしめた。

「静蕾は私が煙草店の娘だと知っていた。だったら遊郭にいたことも知っているかもしれない……」

「静蕾さんは……そんなことを言う人間なのですか？」

昴が立ち尽くす志玲の背に問うた。

「いいえ」

志玲はきっぱりと返した。それは今まで聞いた中で一番はっきりとした大きな声だった。

「静蕾は心の優しい子です。それにきっとそんなことは知らなかった。だけど……静蕾はその優しさで――私を痛めつけるんです」

「静蕾さんがなにをしたと言うんです」

全部吐き出させてしまおうと思ったのか、昴は躊躇《ちゅうちょ》なく聞く。

「詩です」

「詩？」

そういえばさっき梓琳が言っていた。志玲は詩が苦手だと。

「舞扇さまやみんなといたとき、外は雨で、池に水が落ちる風情を見て静蕾が言ったんです。水に跳ね、波紋を作るはなんぞ、我が涙、って。それで私が池に跳ねるのは蛙でしょうと言ったらみんな笑い出して」

翠珠はああ、という顔をし、昴はきょとんとなった。

「それは有名な詩の一節だったんです。私はわからなくて……でも他の女御はみんなわかっていた。私は――学がないんです。みんなが詩や歴史を学んでいたとき、私は男を悦ばす技を学んでいたんですから」

志玲は苦しげに唇を曲げた。あるいはそれは自分に向けた笑みだったのか。

「静蕾はそれで落ち込んだ私に親切でした。詩を教えてくれるようになって……詩を理解するためのそもそもの言葉や歴史も教えてくれて……私は……」

　志玲は手にした布を床に叩きつけた。細切れの布は雪のように、花のようにあたりに舞う。

「悔しかった……！」

　はあっと志玲は長い息をつく。からだの中から腐った匂いを吐き出すように。

「私は奥宮を出たら義父の思惑通り財産しかない男のもとに嫁がされる。遊郭から鍵付きのお城に変わるだけ。なのに静蕾は故郷に帰っても好きな男と幸せになれる。そんなのずるい、ずるいずるいずるいずるい……っ」

「志玲」

　ずるずるとうずくまる志玲の目から涙がすじを作って流れてゆく。だが、その目は乾きギラギラと光っていた。

「みんながそんな私を嗤《わら》っている……！」

「そなたの気のせいだ、志玲。確かに最初は笑われたかもしれない。けれどそなたは詩を学んでいたのだろう？　梓琳が言っていた。おまえが懸命に勉強しているのをからかって悪かったと」

　志玲の様子が変わったことに翠珠は気づいた。志玲は床の敷物に爪を立て、がりがりとそれをかきむしりはじめた。だが目は空を睨んでいる。

「うそよ、梓琳も静蕾も私を馬鹿にして嘲笑っている。知ってるのよ、聞こえるんだもの」

「聞こえる？」

「ああっ、うるさい、うるさい！」

急に怒鳴りだした志玲に翠珠はぎょっとしてからだをひく。

「わかってる、わかってるのよ！　あたしは娼女《あそびめ》よ、男に足を開く女よ、女御なんかじゃない！　黙って、黙ってよ！」

志玲は顔を上げ、誰もいない場所に向かって叫んだ。

「志玲、おい」

「いつもいつもいつも、陰でこそこそと！　誰なの、どこにいるの、静蕾なの？　鈴児なの？」

右に左に、志玲は顔を向け、なにかを探しているようだった。翠珠はそんな彼女の背に手を置き、顔を自分の方に向けようとした。

「志玲、落ち着け。ここにいるのは我らだけだ」

「翠珠さま、聞こえないんですか？　この声が」

志玲の唇の端に泡が光る。彼女の視線はきょときょとと落ち着かなく動き回った。

翠珠も耳をすませたが、誰の声も聞こえない。

「声？　誰の声だ」

「わからない、いつもあたしに言うんです。おまえは娼女だ、ここから出て行けって。ずっとずっと聞こえていた。だれよ、どこにいるの！」

志玲は押さえようとする翠珠の手を振り払い、寝台の下に顔をつっこみ、絨毯《じゅうたん》をまくりあげた。

「やめて、うるさい、その声を止めて！」

耳を押さえて転げ回る志玲を昴が背後から羽交い締めにした。

「落ち着いて、志玲さん。これは妖の仕業です」

「……」

志玲ははあはあと犬のように舌を出して息をした。まるで陸にあがった魚のように苦しげだ。

「あ、あや、かし？」

「ご覧なさい」

昴の指の先に黒い小さな蛇が現れる。それが口を開けるとふたつの頭に増えた。

「ひ、……」

志玲は身をすくめる。

「これは人の悪口を吹き込む妖です。これが志玲さんの枕の中にいたんです」

「ま、枕の中に？」

「そうです。そして夜中囁くのです。その声が頭に残って、聞こえない声が聞こえるんです」

昴の指先でその蛇は次々と頭を増やす。

「でもこれの本体は力が弱い。だからこうして」

手の中に蛇を握り込むと、黒い煙があがった。昴は手のひらを開いた。消し炭のような黒いものがバラバラと床に落ちる。

「ほら、もう死んでしまった。……だからもう、声は聞こえないはずですよ。どうですか」

昴の言葉に志玲は耳から手を離した。顔を上げ、耳をすます。その表情がぱあっと明るくなった。

「ほんとだ……もう聞こえない……」

「あなたの耳や心はこれに汚されていたんです。素直な気持ちで聞いてください、志玲さん。静蕾さんは本当にあなたを大切に思っていた。あなたの詩の勉強を手伝いたいと心から思っていた。だからあなたのために詩の本を送ってほしいと文に書いていたんですよ」

昴はゆっくりと優しく伝えた。その言葉の意味が志玲に届いて彼女の中に落ち着くようにと。

「そ、んな……」

昴は懐から静蕾が家族へ宛てた文を出した。志玲は震える手でそれを開くと文面に目を落とし、息を呑む。

「静蕾……私のことをこんなに……」

新しい涙が落ちて静蕾の優しい文字をにじませる。

「私は……少しだけ静蕾を苦しめたいと思っただけなのに」

「だから鈴児に文を盗ませたのですね」

次に志玲が口を開くまでには少し時間がかかった。さきほどまで志玲の顔を覆っていた暗い影は薄れ、そこには己の犯した罪をはっきりと見据える瞳がある。

「静蕾がそれで早く故郷に帰ればいいと思ったんです。なのに、あんなことになって……まさか、死、死ぬなんて……」

「鈴児さんを殺したのはなぜです」

「あの子は……文を隠したことに怯えて……舞扇さまに全部話すと言ったの。そんなことになれば私はすぐに奥宮を出されてしまう……お願いしたのに鈴児は聞いてくれなくて……」

志玲は自分の手を見つめた。あの夜、鈴児の服の裾にすがりついて頼んだ。なのに鈴児は冷たく自分を見下ろした。

「あの目が……私が奥宮で女御をやっているような身分じゃないと見透かしているようで」

志玲は頭を押さえた。髪の中に入り込んだ指先が痙攣《けいれん》しているかのように細かく震えた。

「志玲さん、疲れたでしょう……もう眠いはずだ……」

昴が耳元で優しく囁く。志玲は二、三度まばたきすると、その目を半分ほどに閉じた。

「眠ってもいいんですよ……お眠りなさい……深く、深く……」

やがて志玲は昴の胸に頭をもたせ、眠りに落ちた。昴は志玲を抱き上げると、彼女のからだを乱れた敷布の上に下ろす。

「少しやすませてあげてください。捕縛はそのあとでもいいでしょう」

「そうだな」

涙が化粧を落とした志玲の素顔は幼い感じがした。奥宮で必死に生きようとした少女の顔だ。

「……じーらい……ごめん……さい……りんる……ごめ……」

唇からとぎれとぎれに言葉が落ちる。翠珠は志玲のからだに布をかけた。

「今の言葉が……志玲の本当の心だと思う」

「そう、ですね」

部屋をあとにして、昴と翠珠は黙って歩いた。途中、使女たちがなにか聞きたそうな顔をして見たが、なにも言わなかった。

館を出て、池の上の橋を過ぎ、翠珠は雪華館を振り向いた。雪華館の屋根は青い瓦で葺いてある。それが日差しに美しく輝いていた。

「舞扇さまが……妖がとり憑いているのではないかと言っていたが……」

翠珠は昴に視線を向けた。

「さっきの妖……あれは本物か？」

「は？」

「お主がやすやすと妖を殺すとは思えないのだが」

「おや、翠珠さまもなかなかわかっていらっしゃる」

昴はにっこりと笑うと手のひらを広げた。するとそこに一枚の紙が張り付いている。紙にはなにか難しい文字が書いてあった。

「あれは私が作った偽物です。ああいうふうに妖のせいにすると落ち着く場合もあるので」

「やっぱり嘘か」

翠珠は先に立って歩きだした。そのあとを昴が長い足でついてゆく。

「志玲さんに聞こえていたのは自分の心の声なんでしょう。静蕾さんが自分の二つの心に引き裂かれたように、志玲さんも自分の善なる心に責められていたんですよ」

翠珠は回廊から見える美しい中庭を見やった。夏の庭は色の濃い花が咲き乱れ、光を弾き、同じだけ強い影を作る。

「心とは、不思議なものだな。それがどこにあるのかもわからないのに、私たちを支配する」

「そうですね。なによりも強く、弱く、妖より不思議です」

終ノ段

志玲は花錬兵により捕縛された。

罪状は使女殺し。

ただ、彼女は友人を亡くしたことで動転しており、一時的に意識が曖昧だったという理由がつけられた。

それにより鈴児が静蕾の文を盗んでいたことは公にならず、鈴児の家族は多額の見舞金を手にすることができた。

志玲は罪を認めているので何年か牢獄に入れられるだろう。志玲の養い親は彼女を離縁したという。奥宮に勤めていても前科者ならよい縁談は望めない。

皮肉なことに、それで志玲は家の楔から離れ、自由になれたのだ。

翠珠は阿猿と名付けた妖を昴に渡そうとしたが、阿猿が翠珠にしがみついて離れなかったのでもうしばらく手元に置くことにした。

菓子を両手で持ってほおばっている阿猿の頭を撫でながら、翠珠は思う。

こうやって妖が自分に懐くのも心があるからだろう。

ひとつ間違えれば人を破壊に導く心だが、この妖をかわいいと思えるなら、心はあった方がいいに決まっている――。

第三話

英桂が昔語りをすること

序ノ段

その日、翠珠はいつものように給金を持って昴の家へやってきた。

もちろん、兵長である翠珠がいちいち渡さなくてもよいのだが、彼女はその仕事をどちらかと言えば楽しみにしていた。

賑やかな絵が描かれている託児処の扉を叩こうとしたとき、いきなりそれが内側から開かれて、男が一人勢いよく転がり出てきた。

「殿下⁉」

英桂は、地面にひっくり返ったまま、開いた足の間から翠珠を見上げて「やあ、兵長」と情けない顔で笑いかける。

「さっさと帰れ！　今度は放り出すだけじゃすまないぞ」

部屋の中から昴の怒鳴り声が聞こえたかと思うと、翠珠の鼻先で扉が閉められた。声をかける間もなかった。

「昴師匠に追い出されちゃったよ」

英桂は笑いながら起き上がった。パタパタと服についた埃を払い落とし、乱れた髪を手櫛で撫でつける。

「今度はなにをして怒らせたんですか」

「そんな、しょっちゅう崔が師匠を怒らせているように言わないでくれ」

中《あた》らずといえども遠からずではないかと思ったが、翠珠は口をつぐんだ。

「たいしたことじゃないよ、師匠の真似をして式神を作ってみたんだけど、」

「式神？　殿下が？」

「うん、でもそれに妖が入っちゃったみたいで部屋の中で暴れてしまって」

再び扉が開き、ビリビリに裂かれた紙が放り投げられた。翠珠が声をかけるより早く、扉は音をたてて閉まってしまう。

「それはまあ……怒るでしょうね」

「昴師匠は短気なんだよ」

英桂は地面にまかれた白い紙を一切れ摘まみ上げる。

「どうしてうまくいかないのかなあ、皇宮で巫師たちにも学んでいるんだけれど」

「皇宮内の巫師が教えてくれるのですか？」

翠珠は驚いて言った。妖に関わることはこの国では禁忌に近い。その国の皇子が巫術を学びたいと言っても巫師が教えるだろうか？

「ほかのものは教えてくれないけど、伍涑師は少し教えてくれるよ」

「ああ……」

翠珠は昴の師匠である伍涑の眠たげな顔を思い出した。癖のある、しかしとらえどころのない飄々とした男だった。彼なら常識の枠に囚われず、皇子に巫術を教えるかもしれない。

「殿下は――巫師になりたいのですか？」

「まあ公には無理だろうけど、趣味としてはね。かっこいいじゃないか」

昴が不愉快に思っているのはそういうところなのでは、と思ったが、胸の中に収めておくだけにする。

「兵長、ちょっと冷たい茶でもつきあわないか？　せっかく壁の外に出たんだし」

「はあ……」

翠珠はちらっと閉ざされた扉に目をやる。昴は自分の訪れには気づいていないようだった。元々日にちを約束したわけではないので、別に急がなくてもいいだろう。

翠珠はうなずいて、英桂のあとに従った。

英桂は託児処近くの茶屋に翠珠を誘った。内庭のある店で、緑を渡る風が蒸し暑い店内の空気をわずかなりとも動かしてくれる。

　庭に面した椅子に腰を下ろすと、英桂は翠珠に尋ねもせずに「水菓茶を二つ、うんと冷たくしてくれ」と茶屋娘に頼んだ。

　英桂は椅子の背にからだをもたれさせ、服の襟元を大きく広げる。今日の英桂は普段と違い、髪も黒く染め、飾りのないおとなしめの服を着ている。布地が上等なのは隠しようがないが、普段の「酔狂殿下」ではなく、金持ちの商家のどら息子くらいに見えていた。

「うん？　なんだ？」

　じろじろ見ていたことに気づいたのか、英桂が首を傾げる。

「失礼しました。普段のお姿と違うもので」

「ああ、これな」

　英桂は両手で自分の胸を軽く叩く。

「いつもの格好は女性を楽しませるため。師匠のもとへくるときはこんなものさ。派手な格好で目を引くと師匠に迷惑がかかる」

　昴は元は皇宮付きの巫師だった。だが、そこから追い出されるように出てきたのだ。皇宮のある薬都でその存在をおおっぴらにするのはあまりよろしくない。

　英桂はやはりただの酔狂殿下ではなく、相手のことも考えられる人間なのだ。翠珠が託児処に向かうときは目立たぬように女性用の衣装を身につけるように、ちゃんと昴に気を遣っている。

「でも、翠珠兵長がそんな魅力的な格好をしているなら、崔もう少しおしゃれしてこようかな」

——前言撤回すべきかな。

「私もそう訪ねるわけではありません。今日来たのは妖封じの給金を持ってきただけです」

「兵長じきじきに？」

「奥宮の妖のことは知られるわけにはいきませんので。情報は持っている人間が少ないほどよいのです」

にやにやする英桂から視線をそらし、翠珠は卓に置かれた水菓茶の器を手に取った。柑橘類の爽やかな香りと、ほのかな甘みを含んだ緑の茶が、冷たく喉を潤してくれる。

「先日の妖というとあの潜餓鬼？」

「いいえ、そのあとにも別件がありまして」

「なんだ、またあったのか。崔にも教えてくれればよかったのに！」

残念そうに卓につっぷす皇子を見て、翠珠は英桂に伝わらなくてよかったと胸を撫でおろす気分だった。前回の女御の幽霊の件は繊細な案件だ。

「……すぐに片付きましたので、殿下にお伝えする間もありませんでした」

「そうか。しかし、潜餓鬼騒動は大変だったなあ」

英桂は椅子をキイと揺らして天井を仰いだ。

「はい。あれほどの騒ぎは最近の奥宮でも珍しいものでした。小さな妖は私たちでもなんとか対処できるのですが、さすがにアレは……」

「奥宮は異常だよね」

英桂が顔を近づけ声をひそめる。

「崔もいろいろ調べているけど、まだあの地に奥宮が建った理由、皇宮にここを選んだ理由がわからない」

「その、殿下が調べを進めておいでのことですが」

「殿下は止めてくれ。一応お忍び、というやつだから」

英桂は人差し指を口の前に立てて言った。

「では英桂さまと？」

「それもまずいな。……そうだ、小英《ショウエイ》と呼んでくれ。崔が子供の頃はそう呼ばれていた。おっと、さま、とかもよしてくれよ。呼び捨てでいい」

片目をつむり微笑まれたが、翠珠はためらった。しかし英桂の言うとおり、市中では皇族の存在を公にしないほうがいいだろう。

「……では、小英」

「うん、翠珠」

英桂も兵長呼びを止めた。男性に名だけで呼ばれるのは父以外に経験がないので、なんだか気恥ずかしい。だがその思いを呑み込んで、翠珠は頭をあげた。

「お聞きになってらっしゃいますか？　託児処に伍凍師がいらしたこと」

「え？　いや聞いていない、いつ？」

「少し前です。わざわざ巫師の格好で、奥宮の妖について調べることを止めるようにと言いにいらしたそうです」

「へえ」

英桂は水菓茶の器を唇に当てたまま、しばらく宙を睨んでいた。

「あの伍凍師がわざわざ足を運んだっていうのがすごいなあ。あの人は巫術以外は横のものを縦にもしないのに」

「それだけ調べてはいけないことなのかもしれませんね」

「だとするとますます調べたいよね」

英桂の性格ならそうかもしれない。目を好奇心で輝かせ、身を乗り出した。

「今度、どうにかして宝物庫に入り込もうと思っているんだ。皇宮の書庫の図書を片っ端から読んだけど、あそこでは欲しい情報が見つからなかったからね」

「皇宮の書庫？」

翠珠は驚いた。皇宮内に作られた書庫は国の歴史や王の系譜、各地方の歴史、行政など膨大な資料が収められているはずだ。それを全て読んでしまったのか。

「うん、しばらくこもって調べたよ。食べるのも寝るのも書庫でね。目はちょっと悪くなったかもしれない」

英桂はにこにこ笑いながら目を擦った。

「でも昴師匠がほめてくれると思えば苦にならないさ」

「なぜ……」

翠珠は思わず聞いていた。

「なぜ、英……いえ、小英はそこまで巫師どのを慕っておいでなのでしょう。以前妖退治を見た、とおっしゃっていましたが、それだけで？」

「うーん」

英桂は片手で前髪をサラサラとかきあげた。

「まあ、幼い男子の純粋な憧れ、というのもあるけど、実は昴師匠は崔の命の恩人なんだよ」

英桂は茶屋の窓から空を見上げた。燕が黒い軌跡を描いて、高く、矢のように上ってゆく……。

一ノ段

英桂が八歳のとき、母が死んだ。春の終わりの頃だった。

前から病がちではあったが、梅が咲いている間はまだ元気で、寝台の横に英桂を呼び、優しい声で昔話などをしてくれた。

英桂の母は皇后ではなく、奥宮に住まう第二夫人だった。名は清英《セイエイ》。あわ雪のように優しくはかなげで、歌や楽器の名手だった。

英桂は第二皇子だが、皇后が生んだ第一皇子とは、明確な身分差があった。皇宮での英桂の扱われ方は実に雑で、世話をするものは女官がたった二人。逆にその自由さゆえ、英桂は奥宮にしょっちゅう出入りし、母親にべったりと甘えることができた。

その母が亡くなってしまった。最期のときは会うこともできなかった。病み衰え、白梅の君とも称えられた美貌が見る影もなくなったのを悲しみ、皇帝にも息子にも会うことを拒んだのだ。

「美しかった姿だけを覚えていてほしいとの夫人からの言伝でございます」

最期まで母の世話をしていた女御がそう伝えてきた。

今日の葬儀のとき、最後に母にもう一度だけ会うことができる。英桂はそれだけを支えに悲しみにじっと耐えていた。

皇后が死ねば皇宮あげての葬儀になるが、奥宮の夫人が死んだ場合は中庭にある廟での葬儀となる。参列者は清英の縁戚のものと、館の女御、そして皇帝だけだ。本来は皇后も参列するところだが、体調不良のため欠席となった。

英桂は廟が飾り付けられていくのを離れた場所から見ていた。近くに行くと、捕まって部屋へ戻されてしまう。子供は死に近づいてはいけないと、大人たちは思っているようだ。

英桂がいるのは中庭の隅に生えている樫の枝の上だ。こんもりとした葉が姿を隠してくれる。廟は白い花で飾られ、入り口の扉の前には光る石がたくさん撒かれた。

母はもうあの中にいるのだろうか？　時が来れば最後の挨拶ができるだろうか？

「そこでなにをしている」

下から声をかけられ、英桂は枝の上に腹這いになって見下ろした。地上にいたのはまだ若い青年で、襟を重ねた見慣れない服を着ている。

葬儀には魂送りの祭司がくることは知っていたが、その供のものだろうか、と英桂は考えた。

「別になにもしてない、空を見ているだけだ」

皇子だと知られると部屋に連れ戻されるかもしれないと思い、英桂はそっけなく答えた。

「空を見るなら皇宮にある自分の部屋の窓から見ればいいだろう」

英桂はもう一度地上の青年を見た。彼は自分が皇子だと知っているようだ。それにしては口調に遠慮がない。英桂はむっとしながら答えた。

「母上にお別れを言っているのだ、じゃまするな」

「おまえの母御はあそこにはいないよ」

「え？」

青年は自分の背後を親指で指す。

「まだご遺体は奥宮の中だ。からだを清め、死化粧《しにげしょう》をほどこし、遺衣《いい》を着せてから廟に運ぶ。だからあそこはまだ空っぽだ」

「母上がどこにいるのか知ってるのか？」

英桂は木から降りると奇妙な服の青年に向き合った。青年は英桂より頭一つ背が高かったが、大人には見えなかった。

「母上に会いたい！　会わせてくれ！」

「そんなことをしたら俺が叱られてしまう」

青年は揺さぶられるまま面倒くさそうに答えた。

「崔が望んだと言う、だからお願いだ。もうこれきり母上に会えないかもしれない、そんなのはいやだ！」

「小英殿下」

青年は自分の服の袖をつかんでいる英桂の手をそっと離した。

「俺はおまえを捜して連れ戻すようにと言われていたんだ。母御に会わせたらちゃんと部屋に戻るか？」

近くでよく見ると青年は女のような顔をしていた。英桂は母親に会うために奥宮へ出入りしていたが、そこにもこんなに美しい女はいなかった。

「小英殿下？」

見とれていた英桂はあわててうなずいた。青年は英桂の小さな手を離さず、強く引いた。

青年と英桂は人のいない薄暗い廊下を進んだ。一緒に歩いている途中で青年は自分のことを話した。名前は昴で職業は皇宮付きの巫師だと。

「巫師だって？　それって昔話で読んだことがあるよ、ほんとなの？」

襟を前で合わせ、幅の短い帯で留める。そういえば、挿絵にこんな格好の巫師が描かれていたような気もする。

「ほんとだよ、人数は少ないがまだ巫師はいる。こういう葬儀の場には人も多く、妖が入り込むこともあるから俺たちが喚《よ》ばれたんだ」

「妖もいるの?!」

「いるぞ、特に皇宮には多い」

「どうして?」

聞いてから英桂は背後を振り向いた。なんとなく不安に駆られたからだ。

「皇宮には池がたくさん作られている。人が多く、たまった水が多い場所には妖も多い。それに欲深な人間や妬みや憎しみ、そんな負の感情が渦巻いている」

「負の感情……」

「葬儀はそんな昏《くら》い思いが解放されやすい」

窓から入る午後の日差しが、廊下を急ぐ二人の影を長く長くのばしている。足下には毛足の短い絨毯が敷かれ音を吸い込む。

不意に英桂は自分がどこを歩いているのか知らないことに気づいた。

この男は本当に母上のいるところを知っているのだろうか？　自分はこのまま攫われてしまうのではないだろうか？　いや、本当はこの男が妖であったりして……。

ためらいと怯えが足をもつれさせる。速度が遅くなった英桂を昴は振り向いた。

「どうした？　怖くなったのか」

「怖くなんかない」

相手のからかうような目の色に、英桂はすかさず答えたが、声はかすれてしまった。

「こっちへ」

昴は英桂の手を引き、途中の部屋に入った。扉を閉め、耳を当てると廊下を何人かが通る音が聞こえた。

しばらくして昴は扉を開けた。

「今通ったのが納棺師たちだ。彼らが出てきたということは準備が終わったということになる。母親に会える時間は短いぞ」

昴は英桂の手を引いたが、英桂はその手を振り払い、廊下を駆けだした。この先に母がいる。

廊下の突き当たりに大きな扉があった。それを両手で押したが開かない。あとから追いついた昴も一緒に押してくれた。

ようやく扉が開くと大きな卓の上に蒼く輝く四角い棺が置かれていた。箱の上には上等な絹で織られた白い長衣が掛けられている。昴は服をそのままに棺の蓋を少しだけずらした。

「さあ、早く」

英桂は棺に両手をかけ、つま先立って中をのぞき込んだ。

「母上——お母様！」

母は美しい顔をしていた。英桂に昔話をしてくれていた頃と同じように、いや、そのときより頬もふっくらとしていた。今なら頬に綿を含ませていると知っているが、そのときの英桂には病気が治ったように見えた。

今にも起きあがって名を呼んでくれそうだった。

「眠ってるだけだ」

英桂は母に向かって言った。

「眠ってるだけだ、だから起きるよね」

血色よく彩られた頬も、瑞々しく塗られた唇も、黒く長く染められたまつげもたくさんの簪《かんざし》に結い上げられた艶のある髪も。

生きているようだ。いや、生きている。生きているに違いない。

「お母様！　お母様！」

何度も呼びかけた。すぐにでも目を開けて微笑んでくれると思った。だが、母は美しい顔で目を閉じたままだ。

「殿下、もうおしまいだ」

昴が背後からからだを抱きかかえて引こうとした。英桂は引きはがされまいと棺にしがみつく。

「いやだ、お母様を起こすんだ！」

「母御はもう死んでいる。死んだものに未練を残させるな、鬼霊《オニ》にしたいのか！」

「だって！」

「死んだら魂を送ってやらなければならない。でないとちゃんとした命で戻ってこられないんだ」

昴の言葉に英桂は驚いて振り向いた。

「戻る？　お母様が戻るの？」

「そうだ、忘却の河を渡り、浄めの荒れ地をゆき、やがて戻ってくるんだ。命はそうやって巡るんだ。だからいつかおまえも母親に会える。巡る命の輪の中で」

指先から力が抜ける。英桂は昴に抱え上げられ床に下ろされた。昴が棺の蓋を元に戻し、死者に向かって一礼する。

「さあ、殿下。部屋に戻ろう。このあと棺は廟に運ばれる。おまえはそこでもう一度母親と会う。そのときには心穏やかに魂を送れ」

「……」

英桂はぼろぼろと涙を零してうなずいた。昴の言っていることは少し難しかったが、いつか会えるという希望が胸の中を温かくした。

昴が英桂に手布を渡し、英桂はそれで乱暴に顔をぬぐった。

「……ありがとう、昴」

お礼を言ったが昴は無言で英桂の手を引いただけだった。


通ってきた通路を引き返し、庭に降りてようやく昴は英桂の手を離した。ずっと握られていた手は湿っぽく熱い。英桂はその手をもう片方の手で包んだ。

「これでちゃんと部屋に戻れよ」

「うん」

昴はすぐに背を向けた。その薄い背中に英桂は声をかける。

「昴、あとでまた会える？」

「いいや」

昴は肩越しに横顔を見せた。

「葬儀のとき、巫師には会わないほうがいいんだ」

どうして？　とは聞けなかった。昴はすぐに茂みに隠れ、英桂はやってきた召使いに捕まってしまったからだ。

二ノ段

葬儀はそれから一限後に行われた。

廟の中は白い布と白い花で覆われ、真ん中に氷を積み上げた祭壇が作られていた。祭壇もまた香りの強い白い花で飾られ、その上に母の棺が載せられていた。棺は雲母《きらら》と螺鈿《らでん》が張りつけられ、美しく輝いている。

氷も周囲の火を反射して眩しいほどだった。廟全体がひんやりとしており、英桂は自分の両腕を擦った。

皇帝と第二皇子の英桂、母の女御たち、葬儀を執り行う皇宮のものたちは、皆、白い葬服をまとい、頭から薄い紗の布をかけた。布をかけるのは生きているものの息が死者に触れるといけないという教えからだ。

魂送りの祭司は三名、薄青い煙をあげる丸い香炉を青葉のついた長い竹の先に結びつけ、棺の上で振っていた。この煙に乗って魂が天へとあがり、そこで神にお仕えして再びこの世に戻る、というのが成桂国の死に対する教えだ。

天にはさまざまな神がいて、人々は自分の生まれや土地などの組み合わせにより、仕える神が決められている。英桂は、秋桜《コスモス》のようにきゃしゃでか弱げな自分の母親が、神さまのお仕事なぞできるのだろうかと心配だった。

昴の言葉通り、廟には巫師はいなかった。葬儀には妖が出やすいと言っていたが、どこにいるのだろう。

棺の蓋が開けられた。英桂は自分の隣に立つ皇帝、父親を仰ぎ見た。紗の布がかかっているが、下からは顔が見えた。父の顔には感情は浮かんでいなかった。悲しみも憎しみも、愛も、感じられない。人ではなく、胴回りの太い木のようだった。

父は棺の中を覗いた。あの美しい母の顔を見たら、少しは表情も変わるだろうかと、英桂は紗の下から注意深く父を見つめたが、全く変化はなかった。

いや、待て。父は——皇帝はあわてたように身をそらして……。

「うわあっ！」

皇帝の口から悲鳴があがった。その口めがけ、白い腕が棺の中から伸ばされる。手のひらが皇帝の顔を布ごと掴んだ。

「ひいっ！」

女御たちが悲鳴をあげる。祭司が香炉を放り出した。

棺の中から皇帝の顔を掴んだまま、母が起きあがった。

やはり母は死んでいなかったのだ、と英桂は思った。目を閉じて、穏やかに美しい顔のまま、母はぎりぎりと皇帝の顔を締め付けている。

「お母様！」

英桂は母に駆け寄ろうとした。だが、女御に抱き留められ、阻まれた。

「お母様！　お母様！」

じたばたと女御の腕の中で暴れているうちに廟の扉が外から開き、兵と、巫師の衣装を着た男が入ってきた。英桂の出会った昴ではない、やや年輩の男だ。

巫師は広がった袖の中から何枚もの紙を取り出し、母に投げつけた。ただの紙がまるで白い鳥のように母に襲いかかる。紙が触れると母の手は父の顔を離し、ぎくしゃくとした動きで顔をこちらに向けた。

「陛下！」

あらかじめ命じてあったのか、兵たちが駆け寄り、倒れた皇帝のからだを祭壇から引き離す。英桂は女御の腕の中から、棺に立ち上がる母を見つめた。

美しい母、優しい母、誰よりも自分を愛してくれた母。

母の足が棺をまたぎ、氷の祭壇の上に乗る。積み上げられた氷の段を一歩一歩、降りてくる。膝をうまく曲げられないようで、からだはぐらぐらと大きく揺れていた。

「お母様……」

英桂は手を伸ばした。母が最後の別れを告げにきたのだと思った。

だが、その英桂の前に男の背が立ちふさがった。巫師だった。

巫師はさっと母に駆け寄ると、その胸に勢いよく手を押し当てた。

「ギャアアアアッ！」

耳障りな声がした。母のものとは思われなかった。鋼をすりあわせたような音だ。

そのとたん、母の腹からなにか黒いものが抜け出した。蛇のようなそれは床に落ちるとすばやい動きで出口を目指す。

「そっちにいったぞ！」

巫師が叫ぶ。扉の外にもう一人の巫師が立っていた。まだ年若い、細い肩をした青年――あれは昴だ。

昴はたもとに大きく風をはらませ腕をせわしなく動かして、なにかの印を結んだ。昴の手前で黒い蛇は方向を変え、再び廟の中に戻った。

年輩の巫師が戻ってきた蛇に再度白い紙を投げつける。紙は蛇のからだを覆い、その場に押さえつけようとした。

だが、隙間なく押さえたと思ったのに、小指の先ほどのほころびがあった。そこからもう一匹、細い蛇が英桂の方へ飛び出してきた。

「きゃあっ！」

叫んだのは英桂を抱きしめていた女御だった。蛇は女御のからだに入り、女御は英桂を抱いたまま硬直した。

「しまった！　殿下、お逃げください！」

巫師が叫んだが女御は英桂を離さなかった。片手で自分の簪《かんざし》を引き抜くと、英桂めがけて振り下ろした。

「やめろっ！」

目の前が暗く覆われた。次にからだが放り出され、背がなにかにぶつかった。目を開けると床の上に倒れていた。昴が自分を突き飛ばし、女御の簪から自分を守ったのだとすぐにわかった。

「逃げろ、小英……」

昴は呻いた。右手を女御の腹に当て、なにか唱える。女御は昴の肩から簪を引き抜くと、再びそれを自分にしがみついたままの昴の背にたたき込む。昴は詠唱を止めず女御の腹に手を当て続けた。

女御の口の中からどろりと黒い蛇が顔を出した。

「昴、そのまま！」

巫師が英桂の横を通り過ぎ、女御に駆け寄ってその蛇を口から引き抜いた。

「解！」

巫師が声をかけると黒い蛇は煙となって消えてしまった。

「大丈夫かい？」

女御と一緒に崩れた昴を巫師が支える。

「伍凍師匠がちゃんと封じてくれればこんなことにはなりませんでしたよ」

「それだけへらず口が叩けるなら大丈夫だな」

伍凍と呼ばれた巫師は、苦笑しながら昴の腕を持って自分の肩に回させる。

昴はよろけながらも立ち上がり、英桂の方に顔を向けた。

「逃げろと言っただろう、小英殿下」

「昴、大丈夫なの⁉」

「かすり傷だ」

昴は笑おうとして顔をしかめた。

「かすり傷じゃないでしょ、昴。選医室で手当てを受けなくちゃ」

伍凍が言うとおり、昴の背には血がにじみ、腕からも滴り落ちている。

「今のが——妖？」

英桂の言葉に昴がうなずく。

「お母様は妖になっちゃったの？」

だが、その言葉には首を横に振った。

「おまえの母親は妖の容れ物になっただけだ。妖じゃない。ただの——きれいな人だ」

母親は氷の祭壇にもたれかかるようにして倒れていた。優しい顔もそのままだった。

「魂が天に上がれるようにお祈りしろ。それが息子のつとめだ」

「——うん……」

昴は巫師にかつがれるようにして廟を出ていった。床に点々と血が落ちている。

英桂は母親のそばに寄り、その冷たい頬に触れた。

「お母様……」

母親は死んでいる。もう動かない。話さない。自分を見てはくれない。

英桂は母親にしがみついて泣いた。涙は氷の祭壇を溶かしてしまいそうなほどに熱かった……。

それからしばらくの間、英桂は熱を出して寝込んだ。母親の死も、そのあとの妖騒ぎも、幼い心が受け止めるには衝撃が大きすぎた。

ようやく熱がさがったとき、英桂は自分を助けてくれた巫師のことを思った。巫師たちは——昴は妖から母を取り戻してもくれたのだ。

「昴——師匠」

あのとき、昴が去って行った廟の入り口は白い光で満ちていた。幼い英桂には、まるで昴自身が光っているように、見えていた……。

「と、まあ、こんな感じで崔と師匠は出会ったんだよ」

英桂はおしまい、というように両手を広げた。話が上手だったため、まるで自分もその場で体験していたかのように翠珠には感じられた。しかし、と、だからこそ疑問に思う。

今の話のどこに、昴があれだけ英桂を邪険にする理由があるのだろうか？　むしろ昴は英桂に対して親身になっていたような気がする。

翠珠の顔から疑問を読み取ったのか、英桂は小指の先で鼻の頭をかき、告白した。

「実はその事件のあと、昴師匠に会いたくて皇宮に妖が出たと嘘をついたり、実際、妖を呼び寄せたり、街の巫師から妖を買ってきて放したりして……」

「それでは皇宮に妖が多いというのは殿……小英のせいではないのですか?!」

「いや、だから、それは昴師匠に会いたいというういたいけな少年の思いで」

翠珠はつきそうになったため息をかろうじて堪えた。そんなことで呼び出される昴が気の毒だったたし、彼を慕うがゆえの行いというなら他の師匠たちにきっと叱責もされただろう。それなら彼が英桂を仇《カタキ》のように毛嫌いしても仕方がない。

「それに妖を退治する巫師たちがかっこよくて、あの当時の崔は真剣に巫師になりたいと思っていた。だからしょっちゅう巫師たちの部屋へ行ったり昴師匠についてまわったんだ」

　第二皇子のすることなら巫師たちも強く止めることはできなかっただろう。翠珠は心から昴に同情した。

「だけどそれから何年かして、昴師匠は皇宮から姿を消してしまった」

　英桂は悔しそうに言った。

「伍凍師が言うにはなにか大きな失敗をして辞めさせられたということだったけれど、崔は別の事情があったのではないかと睨んでいる」

　英桂は腕を組んで思い出すような表情で目を閉じた。

「だってあの頃、優秀な巫師は伍凍師と昴師匠だけだったんだもの。他の師匠たちは年を取り過ぎていたし、書物を読んだり編んだりするだけで実践には出てこなかったからね」

　昴が皇宮を出て自由になりたいと願っていたことを英桂は知らないのだ。英桂が憧れた巫師の才能のために、昴は皇宮に縛られていた。大きな失敗というのがなにかはわからないが、おそらく伍凍が用意した理由《いいわけ》なのだろう。

「その師匠がこの街のどこかにいるということを知ったのが、二年ほど前。それから捜した捜した。で、この間ようやく捕まえられると思ったのに、とても強くて美しい女兵士に邪魔をされた、と」

英桂は翠珠を見て意味深に笑う。翠珠が昴を狼藉ものたちから救って奥宮へ連れてきたときのことだ。皇子が街中で一般人を拉致するという暴挙に出るとは。

「だけどまさか翠珠が昴師匠を雇うなんてね。思ってもみなかった。幸せは案外身近なところにあるというけれど、その通りだね」

英桂は満面の笑みを浮かべる。邪気のないその笑顔を見て、これからはできるだけ昴と英桂を会わせないようにしようと翠珠は考えた。それが自分が昴に示すことができる唯一の思いやりかもしれない。

「さて、茶も飲み終わったし、もう一度師匠のところへ行ってみようよ」

「え？　また行くのですか？」

「だって翠珠は昴師匠に用事があるんだろう？」

「いえ、私の用件は別に今日でなくてもいいんです」

自分をだしにして英桂が昴に会ったら、昴の機嫌が悪くなる。それは避けたい。

「あれ？」

いきなり英桂が立ち上がった。

「どうなさいました」

「今、外を昴師匠が通った」

茶屋は入り口の扉も窓も大きく開け放たれている。そのため日差しに灼かれる外の様子もよく見える。

「本当ですか？」

「崔が師匠を見間違えるわけがない。そもそもあんな顔があちこちいてたまるか」

英桂はさっさと席を立って外へ出てしまう。翠珠はあわてて自分の懐から財布を出し、茶の代金を払ってあとを追った。誘ったのは殿下の方だったのに、と、しみったれた感情が芽生えるが、財布と一緒に胸に押し込んだ。

外に出てみると英桂がまとわりついているのは確かに昴だ。昴は腕を伸ばして英桂の頭を押しやっている。だが英桂はそれも嬉しそうに昴に盛んに話しかけている。遠目から見ると仲の良い兄弟のようにも見えた。

英桂がなにかを言って昴がこちらを振り向いた。その目が自分を捉えて不愉快そうな顔になる。英桂がここにいるのは自分のせいではないのに、と心の中で言い訳をしながらそばへと寄った。

「兵長、こいつをどうにかしてくれ」

困り果てた、という顔で昴が言う。

「出かけるのか？　巫師どの」

「仕事だ」

「巫師の仕事だろ？　崔も連れて行ってくれ」

「できるか！」

三ノ段

結局、昴は英桂の同行を許可した。押し切られたというよりは、一緒にいた依頼人らしき男が時間を気にしていて、もめるよりは一刻も早く来てほしい、と、泣いて頼んだからだ。

「で、なぜ兵長まで一緒に？」

依頼人が用意した荷馬車に揺られながら、昴は冷たい目で翠珠を見て言った。

「私は、その、なんだ、殿下が巫師どのの邪魔をしないように協力しようと思って」

翠珠は荷台の上から周囲を興味深げに見ている英桂に聞こえないよう小声で答えた。

「今からでもそいつを引きずり戻してもらえるのが一番なんですがね」

「ひどいなあ、師匠。崔は優秀な助手になれると思うんだけど」

英桂が急に顔をつっこんできて文句を言う。

「邪魔しかしないやつがなにを言ってる」

　昂はそっぽを向いて英桂を見ない。そこまで邪険にされて、さすがに翠珠も英桂が気の毒になった。

「そう言うな。小英が巫師どのを慕っている理由も理解できたし」

「どんな理由……ちょっと待ってください、小英？」

「……そう呼べと」

　翠珠は肩をすくめて英桂を見た。英桂は満足そうにうなずく。

「ではあなたのことは？」

「翠珠、だよ。昂師匠もそう呼べば？　兵長じゃ堅苦しいし、街中にそぐわないよ」

　英桂の言葉に、昂が翠珠に目を向ける。翠珠も苦笑してうなずいた。

「奥宮ではないし、今は依頼した仕事でもない。そう呼んでくれてかまわない」

「翠珠、と？」

　低い声で優しく呼ばれ、柄にもなくどぎまぎしてしまう。女ばかりの園にいるところだから、と翠珠は風に顔を向ける。異性に名を呼ばれることに慣れる訓練が必要かもしれない。

「それで、師匠。崔たちはどこへ向かっているんだ？」

「薬都の北のはずれだ。こちらの娘さんが妖にとり憑かれたらしい」

昴は馬の手綱をとっている男に目をやって言った。男の衣服は悪くなく、日焼けした頬もきれいに髭があたってある。しかし、自分で馬を扱えるのだから街中にすむ商人とも思えない。

翠珠は男が腰に短い革鞘を下げているのを見てとった。武人という風情でもない男が短刀を持っているのはおかしい。しかも革鞘には龍の文様が押されている。

「薬都の北は芳《ほう》氏が治める領地だな。あなたは芳の一族の方ですか？」

翠珠の声に手綱を握っていた男は驚いた顔で振り向いた。

「そうです。私は芳の家長です」

地方豪族の中には広大な領地を持って収入の多いものもいる。しかし芳家は国の薬草園を管理するために置かれた役人の一族だ。使用人もさほど多くなく、家長自ら畑や園を見回る。馬を扱うのも慣れたもののはずだ。

龍の文様は成桂の象徴でもある。短刀は代々一族に伝えられたものだろう。

「あの、このことは内密に願いたいのですが」

芳氏は不安げな顔で荷台の三人を見回した。国の役人の家に妖が出たとあっては外聞が悪いだけではない、任を解かれるかも知れない。

「ええ、大丈夫です。誰にも言いません」

昴は答えて特に強く英桂を睨んだ。英桂は心得ているとばかりに胸を叩いてみせる。

荷馬車はがたごとと石を撥ね上げ、都の中を北へと進んでいった。

芳家に到着したときには、もう夕刻の時間だったが、陽はまだ空にあり、柔らかな光を広がる緑の園に投げかけていた。

芳家の周りすべてが薬草園らしく、区画ごとにさまざまな種類が栽培されている。大概が膝から下の背丈の低い草で、翠珠には区別もつかないが、昂と英桂は「トウキもある」「オオサがある」と騒いでいた。

巫師は術に薬草を使うし、英桂は年若いが薬学博士の称号も持っている。二人にとっては興味深い景色なのだろう。

芳氏の館は白壁と青い瓦を葺《ふ》いた二階屋で、中規模な豪族の屋敷造りだった。家族と使用人の住む建物が別々に作られ、薬草を保管する倉庫や、加工する工房、厩舎もある。

館の前には何人かが立っていた。家族や使用人たちなのだろうが、全員が怯えと困惑の入り混じった顔をしていた。

「美衛《ビエイ》は？」

芳氏が妻らしき女性に尋ねると、彼女は顔を覆って泣き出した。手や頭に布を巻き付けており、ひどい怪我をしたらしい。

話すことができない妻に代わって、使用人らしい年輩の男性が「まだ、あそこにいらっしゃるままで」と答えた。芳氏の目が暗く蔭る。

「娘はこちらです」

芳氏は家ではなく、厩舎の方へ向かった。しかし、そこも通り過ぎると、石で作られた三角屋根の建物の前へ進む。

「ここは？」

「廟です。この地に赴任を命じられたときからずっと、私の先祖も父も死んだあと、ここに眠っています」

「ここに娘さんが？」

いくら妖にとり憑かれたとはいえ、こんな場所に閉じこめるなんて、と、翠珠は非難する目で父親を見た。それに芳氏は苦しい顔をした。

「娘は――美衛はここから出せないのです。彼女はここで眠りについたはずでした、永遠に」

はっと英桂が顔色を変える。

「それはまさか――死んだ後に取り憑かれたのか？」

翠珠は英桂の話を思い出した。英桂の母親も死んだ後、妖に取り憑かれている。

尋ねる目で昴を見ると小さくうなずく。

「おまえは付いてこなくていいんだぞ」

昴に言われて英桂は少しの間逡巡したが、やがて頭をあげてきっぱりと言った。

「いや、崔は一緒に行く」

「――つらいことを知ることになるかもしれないぞ」

「かまわない。崔は母上にとり憑いた妖のことを知りたい」

昴は短いため息を吐き出すと、翠珠の方を向いた。

「翠珠――は、つきあわなくてもいいんですよ」

「ここまできたら手伝わせてくれ。たぶん、ここにいる誰より動けると思う」

「まあ、それはそうでしょうが」

「小英の身を守りながら妖封じはできないだろう？」

「確かに」

「べつに翠珠に守ってなんかもらわなくても大丈夫だ」

英桂は少しむっとしたように唇をとがらせた。

「小英は任せてくれ。……巫師どのの邪魔もしないし、させない」

「わかりました」

「ねえ、ちょっと？」

頭越しに会話され英桂がわめいたが二人で無視する。

「この妖は人の中に入り肉体を操って人を傷つけようとします」

翠珠は怪我を負った母親の姿を思い出し、顔をしかめた。最愛の娘に襲われた親の気持ちはいかばかりだろうか？

「自分の身と、それからこの向こう見ずの身を守っていただけますか？」

「了解した」

「金気のものはお持ちですか？」

昴に言われて翠珠は懐に忍ばせていた細身の短刀を取り出した。切り結ぶのではなく主に投げて使う。

昴はそれの柄《つか》に、袖から出した札を細く折って巻き付けた。

「これで妖にも効果が出るはずです。でも無理はしないでください。手に負えないとわかったらすぐに逃げるように」

「了解した」

無理に戦わない。自分たちがとり憑かれた方が昴の邪魔になると翠珠は理解していたので、重ねて答えた。

「廟にはここよりほかに出入り口はありませんね？」

昴は芳氏に尋ねた。

「明かり取りの窓がひとつ。でも小さいのであまり役にはたちません。中は暗いので手燭をお持ちします」

「松明《たいまつ》でお願いします」

「わ、わかりました」

芳氏は身を翻すと明かりをとりに館の方へ駆けだした。

「話を聞くと、葬儀は一昨日の朝だったらしい。二日経っているのでこの気候のこともあり、腐敗している可能性がある。布で鼻と口を覆うといい」

昴に言われて翠珠と英桂はあわてて手布を顔に巻く。

やがて芳氏が使用人と一緒に松明を三本持って戻ってきた。一本ずつ受け取り三人は廟の前に立った。

「声をかけたら扉を開けてください。そのあとすぐに閉めて、私たちの誰かが中から呼ぶまで開けないでください」

芳氏が扉の一方に手をかける。中を窺い、そして耐えきれないというように叫んだ。

「巫師さま！　娘を、美衛をお願いします。妖から取り戻してください！」

「はい——確かに」

昴は安心させるようなきれいな笑みを浮かべ、うなずいた。

廟の扉が——開いた。

四の段

廟の中は芳氏が言った通り暗かった。だが、一族の棺がいくつも積み重ねられているのは見てとれる。じきに廟を増築しなければならないだろう。

昴は松明の灯をゆっくりと左右に振った。光が届く場所は狭く、重なった廟の隙間は真っ暗な影になっている。どこに娘がいるのかはわからなかった。

翠珠と英桂は昴の後方で左右に分かれ、互いに壁を照らし出していた。

地面を足で擦りながら、昴はじりじりと棺の山に近づいてゆく。

「やつらには……知恵があるのか？」

英桂が囁くように言う。

「わからない。意思の疎通を試みたことはない」

「隠れているってことはそれなりの知恵が……」

ガタン！　と棺のひとつが揺れた。三人の松明がいっせいにその方向を照らす。その光の中に白い遺衣を着た少女が、獲物を狙う獣の姿をとって浮かび上がった。

強烈な腐敗臭と糞尿の臭いがした。死後二日も経つと体内は破損し、便があふれ出す。美しい葬衣を汚物に染めて、少女は棺の上から昴に飛びかかった。

「縛！」

昴は鋭く叫んで袖の中から札の束を投げつけた。白い紙が生き物のように飛んで少女の顔面をふさぐ。目標を見失った少女はそのまま廟の床に叩きつけられた。ゴキリ、といやな音がして、少女の首が横に倒れる。しかし、それにも気づかぬように起き上がった。

白い札に覆われた顔を振りながら、蟹《かに》が這うように横歩きでゆっくりと移動する。

「兵長」

昴が松明を少女に向けながら囁く。

「俺が合図したら短刀を投げてください、当てられますか？」

「無論だ」

翠珠は指先に短刀を滑らせ、くるりと回した。

「相手は死人です。遠慮やためらいがあるようでしたら外へ出てください」

「私は奥宮花錬兵兵長、翠珠圭束《ケイソク》。見くびってもらっては困る」

少女は横に移動したが、壁に行く手を遮られた。進めないことが理解できないようで、なんどか頭を壁にぶつける。その勢いにぺらりと一枚、札がはがれ、うつろな目が現れた。

その目が昴を、そして翠珠と英桂を見つめる。

からだは死んでいるはずだ。だから目も、映ったものを認識する脳も機能していない。なのになぜ、その死体は獰猛な獣のようにこちらを見つめてくるのか。

少女は猫のように頭を低くし、腰をあげて攻撃の態勢をとる。狙っているのは昴だ。

「翠珠ッ」

昴が叫んだ。同時に少女のからだが跳ね上がる。翠珠の手から短刀が飛んだ。

ドサッと少女のからだが地面に落ちる。短刀は札の貼られた少女の額に刺さっていた。地面に落ちてなお、少女の四肢はばたばたと跳ねまわり、その場でぐるぐると回っている。

昴は少女に駆け寄ると、その背に膝を乗せ、左手で頭を押さえつけた。

「――」

昴の口から歌のような呪言が流れる。それを唱えながら右手をせわしく動かしてなにかの図を描いた。床の上で跳ね回っていた少女の腕と足の動きがじょじょにゆっくりになる。やがてバタリと四肢が落ち、死体は動かなくなった。

昴が右手を少女の首に添え、それをそっと離すと、黒く長い蛇のようなものがその手のひらに吸いついてきた。

「……あれ、だ」

　見ていた英桂が呟く。

「間違いない、母上の中にいたものと同じだ」

　昴はそれを目の前の高さまで持ち上げると、両手で握った。

「解」

　言葉と同時にそれは霧散する。普段、できるだけ妖を保護する昴がそうせずに消し去ったことに翠珠は驚いていた。それだけ危険な妖ということなのだろうか。

「昴師匠、すごいな。前はあれだけ手こずったのに」

「俺だって経験を重ねているからな、このくらいなら――」

　英桂が飛び跳ねるようにして昴のもとへ駆け寄ったとき、昴の背後の棺がいっせいに揺れた。

「英桂！」

　昴の手が英桂の胸を突く。英桂は勢いよく後ろに吹き飛んだ。それを追いかけるように昴が頭からつっこんでくる。

　その後ろで棺がガラガラと崩れ落ちた。

「殿下！　巫師どの！」

　翠珠は叫んで二人に駆け寄った。正確には二人を襲おうとしている死体に。

「叭《ハ》ッ！」

短い息を吐き出すのと同時に、翠珠は上から飛びかかってきた死体を回転脚で蹴り飛ばした。死体は壁にぶつかり、胴体からまっぷたつになる。

「巫師どの！」

翠珠は昴の腕を引いて立たせた。英桂はごほごほとむせながら起きあがる。

「これはいったい？」

死体が。

廟の中で積みあげられた棺の中に眠っていた芳氏の先祖の遺体が、白骨と化した脚で、木乃伊《ミイラ》化した肉体で、起きあがり蠢《うごめ》いている。

中には完全に崩れた下半身を引きずりながら這ってくるものもいる。

「しまった……二日の間に妖が増えて死体に入り込んだんだ」

昴は苦しげにうめいた。

「そんな、これ全部？」

棺はいくつあるのかわからない。まだ蓋が閉まっているものもガタガタと揺れ出していた。

「ほとんどがぼろぼろで今のように崩せば動くことはできない。翠珠、頼めるか？」

「――剣がほしいところだが」

「あるぞ！」

英桂が叫んで棺のもとに駆け寄った。その上に長い剣が載せられている。

「殿下、危ない！」

英桂が剣をとって放ると、いきおいよく棺の蓋が開き、骨だけになった死体が現れた。翠珠は剣を受け取り、鞘ごと振って英桂を襲おうとした死体を粉砕する。

「翠珠、こっちもだ」

昴が呼ぶ。翠珠は振り向きざま、脚で死体の腹を破り、剣で首を刎《は》ね飛ばした。

「わあ、兵長！」

今度は英桂が悲鳴をあげる。

「翠珠、こっちもきたぞ！」

昴の悲鳴。翠珠は剣を振り回して叫んだ。

「ちょっとは自分でも戦え！」

昴は倒れた遺体の中から黒い蛇を掴みだしては札で床に張り付けていく。英桂もおっかなびっくり、廟の中に立てられていた燭台を持って振り回した。

「こんなバラバラにして、あとで戻すのが大変そうだ！」

「適当に放り込んでおこう！」

英桂と昴が怒鳴りあっている。死者への冒涜も甚だしいが、今は細かいことを考えていられない。何代も前の芳氏の一族がすべて妖入りとなって襲いかかってくるのだ。崩れかけのからだのせいで動きが鈍いからなんとか対処できているが。

「うわっ」

油断した。背後から骨だけの手に絡みつかれた。振りほどこうと身もがくが、逆に細かな肋骨の中に引きずり込まれた。膝から下を無くした女の遺体が太股だけでいざりよってくる。

「くそっ」

蹴ろうとした脚を歯のない顎で噛まれる。身動きができなくなったところに別の遺体が、重なった棺の上から飛びかかってきた。

「翠珠！」

どっちの声だったのか、どちらの声でもあったのか、飛んできた遺体を英桂が燭台で横殴りにし、昴が脚に噛みついている女に大量の札を撒いた。

翠珠は背後の死体をそのままに、壁に背中から激突して粉砕した。

「無事か？」

昴がぜえぜえと肩で息をしながら言った。英桂も燭台を杖にふらふらの状態だ。

翠珠は廟の中を見回した。崩れた死体が山ほど散らかっているが、もう動いているものはいないようだ。

「これは……どうすればいいんだ」

もはや棺に戻すという状況ではない。第一崩れ落ちていて誰が誰やら、どの部分がなんなのかもわからない。

「燃やそう」

英桂があっさりと言った。

「そうだな、それしかないだろう」

昴も同意する。翠珠はあわてた。

「いや、待て。いくらなんでもそれは――」

「もうどの部分が誰の遺体かわからない。芳氏もあきらめてくれるよ」

「しかし――」

言い掛けた翠珠の靴の下で、パキリと乾いた音がする。松明に照らされたそれは誰かの顔の一部だった。

「――燃やしましょう」

廟の扉が開いたあと、芳氏だけを中に入れた。惨状を見た芳氏はいったん失神した。起きたあと昴から説明を受けた芳氏は、中の遺体をまとめて燃やすことに賛成してくれた。

廟は石造りのため、油に浸した藁をいれ、火をつけた。朝まで火を絶やさず燃やし続ければ、すべてが灰になる。

遠い祖先も一昨日まで生きていた娘も、すべて一緒に。

芳氏の家族は泣きながら、死者に祈りを捧げた。


三人は再び荷車に乗り、都への帰途についた。馬を操るのは館の使用人だ。

帰り道はもう日が落ち、暗くなり、星がいくつも空にのぼった。その夜空に芳氏の廟を焼く煙が上ってゆくのが見える。

「あの妖はいつものように山へ返すということはできないのか？」

翠珠は荷台の上で昴に聞いた。

「あれは厳密に言うと妖ではないんです」

「妖ではない？　ではなんなのだ？」

英桂が興味深げに身を乗り出す。昴はしばらく黙っていたが、やがて口を開けた。

「あれは呪いだ」

「呪い？　誰かがあの娘に呪いをかけたというのか？」

「いや……、逆だ」

「逆？」

「あの娘が誰かを呪った。しかしその呪いは成就しなかった。呪った相手が備えをしていれば呪いを打ち返すことができる。打ち返された呪いは呪った人間のもとに返り──まれに妖となる」

それでは、と翠珠は英桂の顔を見た。英桂の母君は──。

「まさか」

英桂は笑おうとして、だがその笑みはこわばって消えてしまった。

「まさか、母上が？　母上も誰かを呪ったというのか」

「そういうことになる」

「嘘だ。あのお優しい母上が誰かを呪うなんて」

言ってから英桂ははっと口元を押さえた。

「……あのとき、皇后は具合が悪かった……」

「伍凍師はあの頃、皇后の周辺に呪いの波動が広がっていることに気づいていた。だから毎日俺と伍凍師は皇宮で呪詛封じをしていた。おまえの母親が死ぬ前日、俺たちは呪いを返すことに成功した……」

「昴師匠……」

「誰が呪いを放ったのかまではわからなかった。第二夫人が亡くなったとき予感はあったが……元から病弱な方だと聞いていたし、確証はなかったんだ」

英桂がいきなり昴に掴みかかり、その頬を殴った。翠珠は驚いて英桂のからだを羽交い締めにした。

「離せ、兵長！　こいつが、昴が、崔の母上を殺したんだ！」

「落ち着いてください、殿下。昴は知らなかった」

「だけどこいつが呪いを祓わなければ……！」

「祓わなければどうなってたんだ！」

昴は唇をぬぐって叫んだ。

「どうなっていたと思う！」

「……ッ」

英桂のからだがぶるぶると震えている。食いしばった歯の間からフーッフーッと荒い呼吸音が聞こえた。昴は黙って英桂を見つめている。押さえていた翠珠は英桂のこわばりがじょじょに失せていくのを感じていた。

「祓わなければ――呪いが……成就した」

低く、重い声で英桂が呟く。

「そうだ。呪いはかけた方かかけられた方、どちらかが死ぬまで消えない」

英桂は膝の間に頭を落とし、両手で抱えた。

「そんな……母上が……」

「今となっては理由もわからない。陛下も呪いのことは知らない。伍凍師は呪いをかけた方のことは言わなくてもいいと俺に言った。もう報いは受けたからおしまいだと」

「……」

「俺たちがおまえの母上を殺したことは事実だよ」

昴はうなだれ、組んだ指の先を見つめた。

「だから俺は……何も知らないおまえになつかれるのはつらかった……」

ガタゴトと荷馬車は進む。

思い沈黙を乗せ、暗い夜道を明るい都へ向けて。

終ノ段

薬都に到着した後、常に饒舌な英桂が一言もしゃべらなかった。別れの挨拶も、再会の約束もなく、黙って荷馬車を降りた。

その後姿は悲しみと重い疲れを乗せて、頼りなげな青年の姿をしていた。

「お主のせいではない」

翠珠は昴に言った。

「お主は自分の仕事を全うしただけだ。責任を感じることはない」

「別に」

昴はそっけなく答えた。

「責任なんか。それにこれであいつが俺のもとに来なければありがたいことです。我が儘殿下の御守はたくさんだ」

「お主と殿下は……兄弟のように見えたがな」

翠珠は正直に思ったことを伝えた。

「まさか」

昴は首を振る。

「これであいつも巫師になりたいなどと馬鹿なことは言わなくなるでしょう」

「……寂しくないか？」

翠珠の言葉に昴は軽く笑う。

「なんで俺が？　言ったでしょう、あいつが来るのは迷惑だったんだ」

「お主がそう言うならそういうことにしておこう」

翠珠は思い出して懐に手をいれた。

「先日の妖退治の報酬だ」

「いりません」

昴は金を見たが首を振った。

「この間の一件は妖絡みじゃない。俺はなにもしてませんから」

「しかし、いろいろと相談にのり、解決してくれたじゃないか」

「俺の本業は託児処の師匠です。巫師はあくまでも片手間の副業。その巫師の仕事もしていないのですからいりません」

かたくなに拒否する昴に翠珠はため息をついた。

「わかった。無理じいはしない」

翠珠は金を懐にしまった。

「それでもまた奥宮に危険がせまったら来てもらえるか？」

「ええ……」

気のない返事をして昴は翠珠に頭をさげた。

「今日はいろいろあって疲れました。翠珠さまも奥宮へ戻って休んでください。なにかあったらまたお呼びください」

——翠珠さま、か。

たぶん、英桂の一件は昴にも深い傷を残したのだろう。

十年前からずっと、昴はこの秘密を抱えていた。英桂が大人になって真実を受け止めることができるようになったから、話したのに違いない。

だが、そのせいで英桂を傷つけたことに昴も傷ついている。

言わなくてもすむことを昴は告白した。きっとそれだけ昴も英桂のことが好きなのだ。互いに慕いながら、だからこそ傷をわかちあった。

昴は正直なのだ。

翠珠は去ってゆく昴の力のない背を見つめ、思った。

昴も英桂も苦しまないでほしい、と。

自分が考えていた以上に二人のことを大切に思っていることに、翠珠は驚いていた。

また二人の笑顔が見たい。

輝く月と星に、翠珠は祈らずにはいられなかった。

第四話

奥宮に妖の出ずること

「申し訳ありません。昴師匠は留守なんです」

託児処の入り口で、藁色の髪に金色の目をした少年、金兎がすまなそうに言った。

「留守？　お帰りはいつだ？」

先日、昴と英桂が重苦しい雰囲気の中で別れてしまって以来、二人のことが気になって仕方がない。

別れ際に見た英桂の気弱げな背中、昴の覇気のない肩。英桂が昴を一方的に慕っていると思っていたのだが、昴にとっても英桂は憎めない存在だったのだろう。

「いつお戻りかは言ってませんでした。ちょっと短い旅に出るって。調べ物が終わったら帰ってくるって」

「それでは今はおまえ一人が子供たちの面倒を見ているのか？」

翠珠は驚いて言った。いくらしっかりしていると言っても、金兎もまだ十二、三の子供だ。あまりにも無責任ではないか。

翠珠の不安を感じ取ったのか、金兎は身をすくめ、言い訳するように言った。

「師匠は出かけるとき近所の人たちにお金を渡して、僕らの面倒を見てくれるように頼んでいきました。だから、今は大丈夫です」

「そうか……」

翠珠は懐から金の入った袋を取り出した。

「これは先日巫師どのに奥宮へ来てもらった手間賃だ。なにかあったときのためにおまえが預かっておいてくれ」

本当は昴に必要ないと言われた金だが、そのことは言わなかった。金兎は両手で金の入った袋を受け取り頭をさげる。

「また様子を見にくる。なにか助けが必要なときは奥宮に来て私に言付けなさい」

「ありがとうございます、あの、」

金兎がすがるような目を向けて言った。

「先日の妖封じで……師匠になにかあったのでしょうか？」

「なにか、とは？」

金兎はちょっとの間、考えていたようだったが、やがて言葉を探りながら言った。

「師匠、いつもと同じように見えるけど、元気がないみたいだったんです。それに旅に出るときだって普段は前から僕らに言っているのに、……今回はすごく急で」

「うん、それは」

翠珠はめまぐるしく頭を働かせた。

「……実は巫師どのと英桂殿下が喧嘩をしてしまって」

「喧嘩？」

金兎は驚いた顔をした。

「だってそんなの……いつもしてるじゃないですか」

「うん、だから——もっとすごい大喧嘩だ。それで巫師どのも殿下もがっかりしているのだよ。お互い、謝りたいのに謝れなくて」

とっさに出た言い訳だったがまさしくそうなんじゃないか、と思えてくる。

「そんなの、早く謝った方がいいのに。長くなるとよけい謝りづらくなるんだよ。師匠はいつも僕らにそう言うくせに」

本当に金兎の言うとおりだ。

「二人とも意地っ張りだからな」

翠珠がため息まじりにそう言うと、金兎は興味深げに顔をあげた。

「翠珠さまは？　翠珠さまも意地っ張りなんですか？」

「いや、私は違うぞ。謝るべきことはちゃんと謝る」

「そうですよねえ。師匠も英桂殿下も子供なんですね」

金兎はようやく笑顔を見せた。

その笑顔を土産《みやげ》に、翠珠は託児処を離れ、人が行き交う通りに出た。

水売りが声をはりあげ、団扇《うちわ》売りがひらひらと風を送りながら客を誘っている。水を入れた桶の中で、瓜がつやつやと輝いていた。

街に降り注ぐ夏の日差しは明るいが、その分、白い地面にくっきりとした影を落とす。この影のように、昴と英桂の心に落ちた影は暗く大きいのだろう。

あれから五日経つが、英桂は奥宮に顔を出さない。そして昴も都を飛び出して行方をくらませているときた。

「ほんとに二人ともガキなんだから」

翠珠は家々の上に頭をもたげる白い大きな雲に向かって呟いた。

一ノ段

それからまた十日ほどして、再び翠珠は昴の託児処へ向かった。今回は報告がひとつあった。昴が帰ってきていたならぜひとも伝えたいと思っていたのだが。

「そうですか」

昴は戻ってきていた。そして翠珠が報告したことに、それはそれはそっけない一言を返した。

「それだけか？」

「なにがです？」

翠珠と昴は向き合って丸い卓についていた。

「けっこう頑張って調べたんだがな」

「芳氏の娘さんが呪いを買った教団が二十年前から存在していた、ということでしょう？」

「そうだ。死者に取り憑くあの蛇のような妖。英桂殿下が同じだと言っていた。だから殿下の母上も同じ教団から呪いを買ったのではないかと」

「そうかもしれませんね。でも俺には関係ない話です」

昨日、旅から戻ってきたばかりだという昴は疲れた様子だった。少し痩せたような気もする。厳しい旅路だったのかもしれない。

金兎が昴と翠珠にお茶を出してくれたが、昴は普段なら言うお礼の言葉もなかった。

託児処の子供たちは、隣の部屋の扉から顔を出して、自分たちの師匠を窺っている。

この感じだと、昨日戻ってきてからあまり子供たちと接していないようだ。

「殿下の母上がどうやって呪いを手に入れたか、気になっていると思ったんだが」

「もう済んだ話です。今更十年前の事件をほじくりかえしても」

「済んだ話か」

　翠珠は茶の器をトン、と卓の上に置き、背筋を伸ばした。

「済んでいないからそんな顔をしているのではないか？」

「……どんな顔です」

「覇気のない、つまらない顔だ。普段は無駄に美しい顔をしているくせに、今のお主は雨に濡れた野良犬のようにしょぼくれている」

　遠慮のない翠珠の言葉に昴は自分の頬をぴしゃりと叩いた。

「そりゃあ失礼しましたね」

「殿下のこと、そんなに気に病むことはないぞ」

「なんのことです。せいせいしてますよ」

　昴は卓の上の茶瓶をとって、器にどぼどぼと溢れるほどに注いだ。

「無理に無関心を装う必要もない」

　零れた茶を布巾で拭いて翠珠は静かに言う。昴は気まずそうに茶瓶を戻した。

「疲れてるんですよ、さっきも言いましたが帰ってきたばかりなんです」

「どこへ行っていたのだ」

旅の行き先に興味はあった。英桂のことから逃げ出したとしても、昴なら無駄足は踏まないだろう。

「唐泉《トウセン》の地です」

「唐泉?」

「ご存じですか?」

翠珠は首を振った。都のことならまだわかるが……。

「地名だけは聞いた覚えがあるが出かけたことはない。かなり遠いのか」

「ええ、行くだけで三日かかりました」

そんなに遠い場所へなにをしに? という顔で昴を見ると、

「唐泉は初代王の父祖がまだ郷司《ごうし》だった頃、治めていた地です」

昔は成桂国は国ではなく、郷司と名乗る土地の有力者たちがそれぞれ自分の領土を守っているだけだった。

桂王の家系もまた、唐泉という土地の郷司に過ぎなかった。

やがて郷司たちは領土を広げだし、戦をし、侵略、吸収、合併を繰り返して少しずつ大きくなり力をつけた。

唐泉の郷司が自分の土地を桂国と名づけ、王を名乗るようになったのは、桂王の父の時代からだ。

桂王の父は勇猛で知られ、どんどん他の土地を奪い取っていった。

最後に桂国と金国、二つが残った。この二つの国の戦いが五十年続き、最終的に桂国が勝利して成桂国と名を改めた。戦を終わらせたのは、若くして立った桂王、つまり成桂国の初代王の力だと言われる。

「奥宮の妖を抑えたのは龍の卵。その卵を置いたのは初代王。初代王は妖のことをよく知っていた。妖を操って諸国を平らにしたという伝説もありますから巫師だったのではないか、と俺は思ったのです」

昴は話しているうちに元気になってきた。びしょ濡れの犬が、乾いた犬くらいにはなったようだ。

「ああ、そう言っていたな」

まさか奥宮に龍の卵などがあるとは思っていなかった。卵が行方不明になり探索をしたときに、昴がそんな話をしたのだ。

「しかし、初代王は王になってからの記録はやまほどあるけれど、その前の……妖を扱っていたころの記録はほとんどありません。なので伝説と言われている。俺は初代王の故郷ともいえる唐泉になにか手がかりがないかと思って」

「やはり初代王のことを調べるためか」

昴は当然、というように大きくうなずいた。

「そうです。なぜあの地に奥宮を建てたのか――」

「巫師どのはなぜそんなに奥宮の妖が気になるのだ?」

翠珠は疑問に思っていたことを聞いた。

「伍湅師への反発心からだけではないだろう? 自分でも妨害があるかもしれないと言っていたじゃないか。託児処を巻き込んだらどうするのだ」

翠珠の言葉に昴は笑って手を振った。

「まさか。いくらなんでもそこまで」

「禁忌に触れるとはそういうことだ。まあ今はまだ公《おおやけ》には動きはないが……」

「妖の存在を否定したい国が、妖について調べている人間をどうこうできませんよ、いないものなんだから」

昴は器の縁ぎりぎりにまで入った茶を、零さないようにずずずとすすった。

「伍湅師の忠告は聞き流すというのか?」

「茶を飲みながらあれやこれや話しているだけなんですよ? いわゆる机上の空論。たわいのない空想を国が取り締まるというんですか」

翠珠は諦めて昴の話を聞く態勢に入った。

「それで――唐泉になにかあったのか?」

「それがなにも」

昴は首をすくめ、両手を広げる。翠珠は拍子抜けした。

「村には初代王の生家の跡もなく、墓や廟もありませんでした。年寄りたちに幼い頃聞いた話はないかと尋ねても心当たりはないらしく、形として手がかりになるようなものはなにひとつ」

だが、昴はどことなく楽しそうだ。形があるものは手に入れられなくても、なにか収穫があったのではないか、と翠珠は思った。

「出し惜しみするな、巫師どの」

「ひとつだけ、ひっかかったことがあります」

昴はコクリと茶を飲み、唇を湿らせた。

「おとぎ話を聞きました」

「おとぎ話？」

「翠珠さまもご存じかもしれません。〝なまけものの兄と働き者の弟〟の話です」

「ああ、それなら」

成桂国に生まれた子供なら誰でも一度は耳にするはずだ。

昔々、ある里になまけもので意地の悪い兄と働き者で心優しい弟がいた。

弟はいつも畑に出て野菜の世話をし、馬の世話をし、竹を編んで細工物をこしらえていた。

しかし兄はいつも狸寝入りを決め込み、弟の作った野菜や麦を食べ、馬を売り、細工物を盗み、その金で酒を飲んだ。

ある日、弟が山へ行くと、洞穴があって、その中に棺があった。棺を開けると美しい娘がいたので、弟は娘を家に連れ帰り嫁にした。

するとその日から二人の寝屋には金銀財宝があふれかえった。

それを聞いた兄は羨ましくなり、弟と同じように山へ行き洞窟へ入った。

そこにも棺があったので、兄はその棺を持って帰った。

けれど、棺の中には石ころだけが入っていて、その日から兄の寝屋は石ころであふれかえった。


「そういう話だろう?」

「一般的にはそう伝えられています。俺も子供たちに話すときはその話ですね」

昴は意味深に言うと、卓の上に肘をついて指を組んだ。

「しかし、唐泉に伝わる話は最後が違う」

「どう違うのだ?」

「兄が担いで持ってきた棺は夜明けまで開かなかった。ようやく開いたとき、その中には妖が入っていて、……兄と妖は婚姻し、二人の間には妖の子が生まれるんです」

昴はいったん言葉を切り、その話が翠珠の胸に落ちるのを待った。

「……妖の子？」

「そうです、それも何体も何体も、あふれかえらんばかりに」

奥宮で跳梁跋扈《ちょうりょうばっこ》する妖たち。それもまた、……あふれかえらんばかりに。

「それで……その兄はどうなるのだ？」

翠珠はそろそろと聞いた。兄の行く末や結末が、もしかしたら奥宮を救う手立てになるかもしれない。

「それが」

昴はがっくりと肩を落とす。

「それだけなんです。誰に話を聞いても、話の終わりは〝妖たちがたくさん生まれました〟とそこで終わり。まあお話としてはこういうオチは嫌いじゃないんですが、確かに兄はどうしたって思いますよね」

終わり方の違うおとぎ話。なぜ唐泉の地にだけこんな終わり方の話が伝わっているのだろうか？

二ノ段

　夕刻、奥宮へ戻った翠珠は、桃冬から留守の間に出た妖の報告を聞いた。いずれも花錬兵たちが収めることができるような小さな事件で、昴を呼ぶ必要はなさそうだ。

　私室へ戻ると天井の梁の上から、阿猿が「キーキー」とさえずって出迎えてくれた。

「おいで、阿猿」

　翠珠が呼ぶとくるりと回って卓の上に飛び降りる。今では常に手に乗る大きさとなり、蛇のような尻尾さえなければ、愛らしい小猿と言っていい。

　阿猿はその蛇の尻尾をぱしぱしと卓に打ち付け、翠珠の指を要求した。

　翠珠は乞われるままに指先で阿猿の黄色い毛に覆われた額をコリコリとかいてやる。

　阿猿は満足そうに目を閉じると、こんどはひっくり返って腹を見せた。そこも指先でくすぐると、嬉しそうに身をよじる。

「おまえは素直だな、阿猿。あの二人もおまえくらい素直だといいのに」

　翠珠がため息をつくと、阿猿は両手で翠珠の指先を捕まえ、ペロペロと舐める。手首にするりとうろこのある尻尾が巻き付いた。

「なんだ？　慰めてくれるのか？」

翠珠が腕を持ち上げると、阿猿は尻尾だけでぶらりとぶらさがった。

「散歩に行こう、阿猿」


翠珠は阿猿を肩に乗せ、回廊を進んだ。夕食の支度中でいい匂いが漂っている。熱した油で葱を炒めた甘い香り、思わず唾があふれる黒酢のふくよかな香り。

「ん、これは揚げた鶏肉の匂い、だな」

鼻をくんくんとひくつかせると、肩の上の阿猿も真似して、顔を空に向けひくひくと鼻を蠢かせた。

何人か使女たちとすれちがったが、みんな翠珠が肩に阿猿を乗せているのを見て、微笑んだ。

「翠珠さま、かわいいですね」

「うん、阿猿だ。私以外には馴れていないので手は出すなよ。噛まれるぞ」

尻尾を隠していればただの子猿に見える。奥宮では猫や犬を飼うのが流行っているので、翠珠の阿猿もそういうものだと思われているのだろう。

兵房のちょうど反対側にある使女たちの宿坊を通り抜け、南東の外庭に出る。その場所には養鶏所が作られているのだが、その隅に石の塔が建っている。塔と言っても大人の女くらいの高さの柱のようなもので、中央に鉄製の扉がつけられていた。

「この中に龍の卵が納められていたのだよ」

翠珠は肩の上の阿猿に言った。

「奥宮ができてからずっと妖を抑えていた龍の卵だ。その卵は孵るために自ら持ち出され、山の上で龍となった——とても美しく力強かったぞ」

翠珠は蓬莱《ほうらい》山の頂上で昴と一緒に見た龍の姿を思い出した。きらきらと光り輝きながら空に昇って行った神秘的な生き物。

「巫師どのは卵の殻でも妖を抑えられるだろうと言ったが、あまり効き目はないようだな」

肩に乗っていた阿猿は塔に近づくとそわそわしだした。右肩から左肩に、せわしなく移動してパシパシと尻尾で翠珠の首を叩く。

「どうした？　やはり殻のかけらでも怖いのか？」

翠珠の言葉に阿猿はからだを上下させて肯定した。翠珠の切り揃えた髪の端を、離れようというように引っ張る。

「わかったわかった」

翠珠は小さな痛みに苦笑しながら塔に背を向けた。ところが、数歩も行かぬうちに、急に阿猿が肩から飛び降り、小さな両手で地面の土を掘り出し始めた。

「阿猿？」

阿猿は翠珠の声にも応えず一心に土を掘っている。以前、実家で飼っていた犬も夢中で穴掘りをすることはあったが、それは土の中のもぐらやねずみを探してのことだ。阿猿はなにを探すというのだろう？

「阿猿、もうやめなさい」

翠珠がひざをついて阿猿を止めようとしたとき、背後から夕日を遮った黒い影が地面に落ちた。

はっと振り向くと、狐のようにとがった鼻を持つ妖が、岩くれのようにごつごつとしたからだの妖が、半透明な蜻蛉のような複眼を持った妖が——蛙のような植物のような肉のような……大勢の妖たちが隙間なくみっしりと取り囲んでいた。

「なんだ、おまえたち——」

恐怖が心臓を掴み上げる。しかし訓練された右手はためらいなく長剣の柄を握った。だが、剣を抜く前に、妖の群れは翠珠を押し包み、その視界を暗く隠してしまった。

それより少し前、昴は夕飯の買い出しに一人で街へ出た。金兎は一緒に行きたがったが、今日は他にも寄り道があったので留守番を頼んだ。

不安そうな少年の丸い頬を軽くつねって、「すぐに戻るよ」と昴は約束した。

青果店で野菜を買い、肉屋で腸詰肉を買って、最後に豆屋で白箱（豆腐のようなもの）を買う。子供たち全員の食料となるとかなりの量になり、それらを入れた袋が肩にずっしりと重い。昴はそのまま商店通りを抜けて裏道へと回った。

その道は書店が軒を連ねている。古書もあれば新しく刷られたもの、図録や書の写し、男女のきわどい絡みを描いた香画を扱う店もあった。

昴はその中にある一軒の古書店の扉を押した。

店の主人は丸い眼鏡を下げて昴を見ると、ツイと顔を横に向けた。視線の先では一人の若い男が大きな薬箱を床に置き、その上に腰を下ろして書を読んでいた。

昴は男の前に立ってその書をのぞきこんだ。

「〝椿《チン》夫人の館の殺人〟……。やめとけ。それ、最後まで読むと本を投げ捨てたくなるぞ」

「いいんですよ、この先生の書く食べ物の場面が気に入っているだけですから」

男は顔をあげてにっこりした。一見若く見えるが本当の年齢は計りがたい。白粉《おしろい》をはたき、目元と唇に青い染料で化粧を施し、素顔がよくわからないからだ。

髪は長く、頭頂を金糸が施された布で包んでいた。身なりもたもとの長い女のような長衣で、それを裾をまくり上げて帯に挟むという変わった姿だ。諸国を回る売薬師にはこんな妙な格好のものが多い。一目で薬売りだとわかるし、派手な格好の方が案外警戒されない。

男の腰掛けている箱もさまざまな種類の薬をいれた薬箱だ。

「お久しゅう、巫師さま。お変わりありませんか」

「ああ、いつもと同じ貧乏暇なしだ。今回おまえさんはどこを回って来たんだい？」

昴は売薬師に気安く声をかけた。

「蘇《ソ》国と播央《バンオウ》国へ行きましたよ。どちらの国にも伝染病がはやってましてね、薬がすぐになくなってしまったので長居はできませんでしたが」

「そうか、大変だったな、それで」

自分から話を振っておきながら気のない返事をする昴に、売薬師はにやりと笑った。

「ええ、巫師さまのお眼鏡にかないそうな書は仕入れてきましたよ」

売薬師は薬箱から降りると中から数冊の書を取り出した。

「こっちとこっちはこのお店に頼まれたもの。これとこれはたぶん巫師さまの知りたいことが載っているんじゃござんせんかね」

売薬師が渡した書は革紐で綴じられた、やはり獣のなめし革に直接筆で書かれた古いものだった。もうひとつは巻物の形をしていて、表面はぼろぼろだった。売薬師は巻物の両端をそっと持って言った。

「こちらは扱いに気をつけて。おそらく一度巻物を解くと崩れてしまって二度は読めません。すぐに書き写すことをお薦めします」

「わかった」

昴は革本の方をぱらぱらとめくった。こちらは百三十年前に終わったこの国の戦の記録だ。

「面倒を頼んで悪かったな」

「いいえ。ちゃんとお代もいただきますから」

売薬師は目を糸のように細めた。昴は懐の中から金の入った小袋を出して薬箱の上に置く。売薬師は袋の中を確認してそれを懐にしまった。

「確かに」

「また頼むかもしれない」

「いつでもどうぞ」

売薬師は大仰な身振りで頭をさげる。

国から国へ移動するにはその国が発行する手形が必要だ。だが成桂国の売薬師だけは、手形がなくても自由にどの国にも行ける。

これは成桂国の初代王、そしてその子たちが各国に働きかけた成果だ。戦が終わったあとどの国も荒れ果てて病人やけが人が大勢出た。彼らを治療するため、成桂国は無償で薬を提供した。薬の性質もよかったが、先用後利という置き薬の仕組みも喜ばれ、そうして百年以上、成桂国の売薬師たちは世界中を回って歩いた。

薬だけではない。文化や知識、情報や金も運びながら、時にはこうやって個人の依頼にも応えてくれる。

「それにしてもなぜ今更初代王の戦いのことなぞお調べに？」

問いかける売薬師に昴はにやりと笑みを真似た。

「聞かない方がいいさ。寿命を縮めるかもしれないからな」

「おやおや、おそろしいこと」

ちっとも怖がっていない口調でそう言うと、売薬師はまた薬箱に腰掛けて書を読み出した。

昴は巻物と書を服の内に入れ、食料品の袋を担いで書店を出た。

夕日が狭い裏道にも家々の隙間から金色の線を差し込んでくる。昴はその光に目を細め、家で待っている子供たちに思いを馳せた。

「さあ、帰ろう」

自分に言い聞かせるように呟いて乾いた道を足早に進む。

書店通りの終わりにきた頃だった。背後から誰かが走ってくる足音がするな、と思って振り向くと、人相の悪い男たちが数人、迫ってきていた。ひいふうみい……数えると五人だ。その視線が自分に向いていることに気づいて昴はぎょっとする。さきほど古書店で売薬師に言った自分の言葉が頭をよぎった。

たんっと大きく踏み出して、細い通りを駆け出し、人通りの多い大通りに出る。しかし男たちは気にせず追いかけてきた。

「なりふりかまわずってことかい?!」

昴は開いている居酒屋に飛び込んだ。こみあう客卓をすり抜け厠《かわや》に飛び込む。上部に開いている窓から荷物の袋を放り投げ、よじ登った。白箱が潰れる音がした。扉の奥が騒がしくなってくる。男たちが押し掛けたのだ。昴は厠の窓から出ると袋を拾い上げ走り出した。

昴は足を止め周囲を見回した。このあたりは新しく建築中の織物工房の裏手だ。人けもなく、助けを呼ぶこともできない。

このままでは追いつかれてしまう。

懐から白い紙を数枚取り出し、印を振って呪言を唱える。地面にばらまくと、それらはふわりと立ち上がった。

男たちが走ってきた。律儀に厠の窓から出てきたのかなとちらっと考える。

男たちは道の真ん中にそっくり同じ顔をした昴が四人、立っていることに驚いたようだ。その様子を見て、昴は彼らが巫術に関して明るくないことに気づいた。

(ただ金で雇われただけなのかもしれない)

妨害してくるものがなんらかの組織である場合は手ごわいが、ただのならず者なら撃退できそうだ。

四人並んだ昴がふらふらとからだを揺らし始める。傍目には奇妙な踊りを踊っているかのようだ。紙人形に姿を映しただけなので複雑な動きはできない。自分が逃げる時間稼ぎをさせるだけだ。

昴は四体の自分の陰に隠れて逃げ出そうとした。だが、一人の男が、勇を決してつっこんできた。

偽物はたちまちに撥ね飛ばされ、地面に倒れるとひらひらと紙に戻る。

「なんだ、こいつ。ただの紙切れじゃねえか」

男たちは勢いづいた。残りの三体もあっという間に倒されてしまう。

「待て！」

逃げ出していた昴だが、元々運動が得意なわけではない。あっという間に追いつかれた。

「ふざけた真似しやがって！」

男たちに取り囲まれ、昴は食料の入った袋を胸の前に抱えた。せめて懐の中の書物は守りたい……。

「やめろ！」

男たちの背後から大きな声がかかった。昴にはなじみのある声だ。

「なんだ、てめえは！」

男たちが振り向いた先に一人の青年の姿がある。

「……英桂……」

英桂は手にどこかの棒手振《ぼてふ》りから借りたのか、長い天秤棒《てんびんぼう》を持っていた。それを振り回してこちらに向かってつっこんできた。


「案外と強いんだな……」

正直な感想だった。五人のごろつきたちは英桂が持つ天秤棒で打ちのめされ、ほうほうの体で逃げ出した。いつもおちゃらけていた彼の隠された実力というべきか。

「一応、武術は皇子としての必須科目なんだ」

彼は天秤棒をかつんと石畳にぶつけて言った。

「……なぜここに」

「伍凍師が教えてくれた」

ぶっきらぼうに言葉を放る。こちらを向かずに沈んでゆく夕日に顔を向けていた。

「伍凍師匠が？」

「昴師匠がやばいことに手を出していると言った。崔や昴師匠が調べていることをよく思っていない連中がいるというのは伍凍師から聞いていたから。どういう連中かは伍凍師も知らないみたいなんだけど、そいつらがとうとう実力行使に出たと」

昴はぎゅっと食料品の入った袋を抱きしめた。

「――なんであの人がそんなことまで知ってるんだ」

「さあね。伍凍師独自の情報網だろう。いろいろ妙な人脈持ってるからね。だから」

「だから、助けに来てくれたのか。俺はおまえの母の仇《かたき》だろう」

「来ちゃったものはしょうがないじゃないか！」

英桂は怒鳴って昴の前に立つと、抱えこんでいる袋を掴んで奪った。

「夕飯の材料だろ。さっさと帰ろう」

「あ、ああ」

スタスタと前を歩く英桂の後ろを、昴は慌てて追った。

水中に漂っている感覚だった。足も頭も背もどこにも接していない。だが周りは冷たくもなく、息もできる。

翠珠はそっと目を開いた。

周りは白く薄いもやが広がっている。頭が下になっているのか上になっているのかもわからない状態だ。

最後の記憶は妖たちに押し包まれたところで終わっている。もしかしたら自分は死んでしまったのかとも思った。

だが、どこか遠い場所からなにかが聞こえてきたので、翠珠はその音の方向に頭を巡らせてみた。そっちも白いもやしかなかったが、じょじょにそのもやが晴れ、なにか見えてきた。同時に声もはっきりと聞こえ始めた。

(あれは――人の声。人が大勢叫んでいる声だ)

翠珠の目に見えてきたのは豆粒ほどの、大勢の人や馬、それらが茶色い大地で争っている光景だった。

(これは戦？　私は戦を見ているのか？　上から)

白いもやと思ったのは雲だったようだ。今ははっきりと見える。赤い鎧と黒い鎧を着た兵たちが争っているさまが。

その鎧の形は、翠珠が知っているものよりはずいぶん古めかしいものだ。

（これはどこの――いつの戦いだ？　今の世でこんな大戦をしている場所はない）

戦は赤い鎧の方が優勢のようだった。とにかく人数も馬も多い。旗印には「衛《エイ》」の文字が見える。

（衛国？　衛の国は滅んだはずだが……）

比べて黒い鎧の方は、追い込まれてもう赤い軍勢に押し包まれる寸前だった。

だが、黒い鎧たちの背後から、巨大な灰色の溶岩のようなものが流れてきて、戦況は一変した。

溶岩かと思えたそれは、生き物のように動いて赤い鎧の兵たちだけを襲った。

自然にあんな生物はいない。まるで蠢く肉。

（妖？）

灰色の肉の上に男が一人立っていた。その男が妖を動かしているようだった。

（あれは――）

翠珠はその姿をよく知っていた。国の至る所に石像となって飾られているその姿は。

（初代、桂王！）

妖の後ろに旗が何本も立って士気を鼓舞する。その旗印には「桂」と書かれていた。

ぐるっと視界が回ったかと思うと、翠珠は建物の中にいた。足がしっかりと床を踏みしめている。

どこかの屋敷の中だということはわかった。たくさんの糸で織られた敷物が敷かれ、窓には細工を施した木枠がはめられている。赤や白の灯籠が下がっていて置かれている調度品も見事なものだ。おそらく身分の高い人間の屋敷の居間だろう。

目の前には二人の男女がいた。彼らの服装は歴史書にあるような古風なものだった。

女性が男性の服を掴んで必死の形相で叫んでいる。

「わたしの子をどうしたんです！」

男性の方に見覚えがあった。さっき妖の上にいた男、つまり――

(桂王だ。私は今、初代王を見ている)

女性は桂王の后かと思ったがずいぶんと若い。顔立ちに通じるところがあったので身内かもしれない。彼らはそばに立つ翠珠には気づいていないようだった。

「わたしの子供を返してください！　お父様！」

女性は泣きながら叫んでいた。

また景色がかわった。

今度は暗く狭く湿っぽい、石が組み上げられた部屋だった。部屋？　いやここは牢獄ではないか。窓の一つもなく、目の前には太く冷たい鉄格子。その外も石の壁で日の光が入らない。

獄の中を照らすのは一本の燭台だけだった。その灯が弱弱しく照らしている床の上に女性が座り込んでいた。

すぐにはさっき見た彼女だとわからなかった。なぜなら彼女のほっそりしていたはずのからだは、不自然なくらい膨れ上がっていたからだ。なのに顔だけは前見たままに小さく白い。

そのからだは服が入らなくなったのか、今は汚れた布を巻きつけているだけだった。

彼女のうつろな顔には涙がすじを引いて流れている。

「あの子はどこ……」

不意に彼女が囁いた。

「わたしの子供。お父様が隠したあの子はどこ……？」

顔をあげた彼女は翠珠を見つめた。自分がここにいることをわかっている、と翠珠は驚いた。戦のときも、さっきの部屋のときも、自分はいないもののようだったのに。

「あの子を捜して……」

彼女は膨れ上がったからだをずるりと動かした。

「あ、あなたは……初代王の……桂王の姫なのですか」

翠珠はその場に縫い付けられたように立ち尽くした。

「あの子を捜して……わたしは彩苑《サイエン》……」

ずるり、ずるりと彩苑は膝と手を使って巨大なからだを移動させる。

「あの子……」

彩苑の手が翠珠の服にかかった。甘い、乳のような匂いが彼女から漂ってくる。彩苑は翠珠に触れそうなくらい顔を近づけた。

「わたしはまだ名付けてもいないのに……」


昴と英桂は一緒に託児処に戻った。さっきの男たちの仲間が来ているのではないかと思ったが、出迎えてくれたのは子供たちだけだった。初代王を調べることを妨害する連中も、託児処を襲うという卑劣な手段《て》までは使わないとみえる。

「あ、えーけーだ」

「えいけいだ」

昴を出迎えた子供たちは、一緒に家に入ってきた英桂に嬉しげにまとわりついた。

英桂は来るたびになにかお土産を持ってくるので子供たちに懐かれている。

「えーけー、おみあげないの？」

「えいけい、きょうもしょーとけんかするの？」

「ごめん、今日はお土産ないんだ」

英桂は床にしゃがんで子供たちに目線をあわせた。

「でも、今度今日の分もあわせてたくさん持ってくるから許しておくれ」

女の子が一人、英桂の首にぎゅっと抱きつく。

「えいけいがあそんでくれるならゆるしゅ」

「ようし、じゃあ師匠がご飯を作っている間、遊ぼうか」

きゃあっと子供たちは歓声をあげた。みんなに手を引かれ隣室に入ってゆく英桂に、昴は声をかける。

「英桂」

「なに？　師匠」

「……今日は助かった。ありがとう」

英桂はちょっと眉を下げ、泣きそうな顔になったが、すぐに大きく笑った。

「お礼が遅いよ、師匠」

キーッと耳元で甲高い音がして、翠珠は目をさました。

見上げた空は半分赤く、半分暗くなっている。

コケコケと鶏の鳴き声と匂いがしたので、自分がいる場所を思い出した。

東南の外庭、妖封じの祠のある場所だ。その地面の上に横たわっている。

翠珠は起きあがって状況を確認した。阿猿と一緒にここへ来て、妖に襲われたと思ったが今はなにもいない。空の様子から見て気を失っていたのはほんのわずかな時間のようだ。

阿猿は翠珠の腹の上に乗り、まん丸な目で見上げている。表情のない顔だがなぜか心配してくれていると思えた。

地面に座ったまま周りを見回すと、阿猿が掘り返した場所がわかった。手首まで入る深さだが、とくになにがあるというわけでもない。ただ黒い土だけだ。

「私は夢を見ていたのか？」

だが夢にしては記憶がはっきりしている。兵たちが戦っている光景、その兵たちを押しつぶしていく灰色の肉塊、初代王の顔、その娘、彩苑の顔そして姿。

人とは思えないからだをしていた。どこかあの灰色の肉塊にも似ている。彼女はなぜあんな姿になったのだろうか？

　翠珠が立ち上がると阿猿がその肩の上に乗った。

「もう一度巫師どののところへ行こう。今の夢のことを知らせたい」

　翠珠の言葉に、阿猿が「キッ」と短い声で応えた。

三ノ段

「これは——どういうことだ？」

　託児処についた翠珠は驚いた。昴と英桂が揃って卓に座り酒を飲んでいたからだ。

「どういうことって……まあ、こういうことだ」

　昴は英桂の杯に酒を注ぐ。

「仲直りしたのか」

「仲直りって、別に崔たちは喧嘩してたわけじゃないよ、兵長」

　英桂が笑顔で杯を掲げた。

「まあ、いっぱい飲《や》りなよ」

翠珠は乱暴に椅子を引くと、どかりと座った。昴が立って酒器を持ってきてくれる。その中にたくたくと酒が注がれた。

「飲めるよな、兵長」

英桂は持っていた杯をこつんと翠珠の酒器に当てる。翠珠は酒器を掴んで一気にあおった。

「――ここ数日の私の気苦労はなんだったんだ」

「心配をかけてすみませんでした」

たたきつける勢いで酒器を卓に置くと、昴が素直に頭をさげた。それに翠珠はあわてて手を振る。

「やめてくれ。巫師どのにそんなふうに謝られると調子が狂う」

「崔からも謝るよ、心配してくれたんだろう？」

二人がかわるがわる頭を下げる。焦っていた翠珠だが、昴も英桂も笑っているのを見てからかわれたと知った。

「まったく……。しかし元のようになってよかった」

それは偽りのない本心からの言葉だ。今度はゆっくりと酒を味わう。

「しかし、今日いらしたのは都合がいい。お知らせしたいこともあったんです」

昴が卓から立ち上がると床の上に巻物を注意深く広げた。

「これは衛国の古い記録です」

「衛国というと、成桂が平らげた国だな」

「ええ、その戦のときの記録を図にして遺したものですが、ここに」

戦の様子を時系列にそって描いているものだが、途中に妙な絵があった。

それは衛国の軍勢を土砂崩れが襲っているものだ。

「これは一見土のように見えます。天災があり、そのため衛国の兵たちに甚大な被害が出て桂王が勝った――。成桂の歴史にもそうありますが、ここ」

昴は兵を襲っている土砂の絵を指さした。

「目のように見えませんか？　それにこれは腕でしょう」

土砂に丸い目玉がいくつも描き込まれている。それに確かに土砂の先は何本にも分かれた手のようだった。

「さらにこっちです」

昴は巻物を広げてゆく。そこには巨大な人のかたちをした黒いものが、衛国の兵を踏みつぶしている絵が描かれていた。

「成桂の恐ろしさを妖に例えて描いたものかもしれませんが、初代王が巫師で妖を操れたとしたらこれは比喩ではなく本物かも知れない」

「――いや、本物だ」

図を見た翠珠はきっぱりと言った。

「私はこれをこの目で見た」

昴と英桂は顔を見合わせ、同時に翠珠を見た。

「どういうことです」

実は、と翠珠は今日自分が体験したことを話した。阿猿の名前を言うと、呼ばれたと思ったのか、翠珠の懐に隠れていた阿猿が顔を出す。

「わあ、妖だ。すごいな兵長」

英桂が大喜びで阿猿の前に指を突き出す。阿猿は驚いて翠珠の髪の中に隠れてしまった。

「彩苑、と名乗ったのですか、その女性は」

翠珠から名を聞いて昴は呻いた。

「そうだ。だが初代王には娘はいなかったはずなのだ。私は歴史で習ったぞ」

三人は卓に戻った。英桂がもう一度妖が見たいと言うので、翠珠は阿猿を首の後ろから出して卓に乗せた。英桂はこんどは指を出さずに顔を突き出してじっと小さな妖を見つめる。阿猿は見られるのが苦手なのか、両手で顔を隠してしまった。

「実は娘は存在したのですよ」

昴は翠珠に答えた。

「皇宮で巫師の修業をするとき、皇家の歴史も学ぶんです。そのとき、初代王には三人の子がいたと習いました。長男の紫桂《シケイ》、次男の桂順《ケイジュン》、そして長女の彩苑。ただ彩苑は結婚もせずに若くして亡くなりましたから、歴史にはあまり登場しない」

「そうだったのか」

まあ自分が習ったのも子供の頃だしな、と翠珠は納得した。

「若くして亡くなったのは彩苑だけじゃない。長男の紫桂も、死んでいる。だから初代王のあとを継いだのは桂順だ。崔たちはその桂順の血筋だ」

英桂がようやく触らせてくれるようになった阿猿の腹をくすぐりながら言った。

「さて、ここでもう一冊の書だ」

昴はもうひとつ、革でできた書物を取り出した。

「これは沙馬《サマ》国の書だ。沙馬国は早いうちに唐泉の郷司と同盟を結んだ国だ。そこの宮廷筆師《ひっし》が記したものだ」

昴は書をぱらぱらとめくり、ある頁を開いて二人に差し出した。

「――すまないが、読めない」

一見して翠珠は降参した。成桂国で使われている文字ではなかったからだ。

「おそらく他者に読まれたくない、ということでこの文字を使っているんだと思います。これは古文字で専門の知識がいる」

昴がそう言うと英桂は書を手にして離したり近づけたりして眺めた。

「えーっと……治国《ヂ》との戦、はじまり……王の子、紫桂……、妖来たり、明けを待たず。妖……弑《しい》し、その肉を、喰いける……」

英桂は眉を思い切り寄せて昴を見上げた。

「おい、この記録は」

「そう。治国との戦の前に、王の長男紫桂が妖に殺されたと記録されている」

昴は英桂が読んだ箇所を指で差した。翠珠は読めない文字を見て首を振る。

「だが、それはおかしい。私は桂王が妖を操っているのを見た。あれは衛国との戦だった。衛国の戦は治国との闘いよりずっとあとの筈だ。この記録が真実なら、妖は桂王の仇ではないか。自分の息子を殺した妖を、そのあと味方につけるだろうか？」

「そうなんですよね。桂王の行動は矛盾している。でも思い出してください。桂王の故郷、唐泉にあったなまけものの兄の話。あの話の中で兄の棺の中には妖が入っていたでしょう。それはこの書の中の妖来たり、のことじゃないかと思うんです。時間もあってる。妖が棺から出てきたのは――」

「夜明け前」

「そう、この記録も明けを待たずとある」

翠珠と昴は揃ってふうっとため息をついた。

「なあ、怠け者の兄の話って、あれか？　昔話の」

英桂が身を乗り出した。そうだと答えると、英桂は嬉しそうな顔をした。

「懐かしいな、母上がよく子守唄で歌ってくれた」

「子守唄？　歌になっていたとは知らなかったな」

「うん、母上の故郷にだけ伝わる歌だ。大きくなってから書物で読んだが、おしまいが歌と違ってたのでびっくりした」

昴は英桂の言葉に驚いた。

「おしまいが違う？　一般には寝屋は石ころだらけというオチだが」

「違うよ。崔が母上から聞いたのは妖が生まれる歌だ」

「……唐泉と同じ変種だ」

「歌おうか？」

英桂はこほんと空咳をして、卓の上で自分を見上げている阿猿にほほ笑んだ。

「えーっと……ねんねんよいこはねんねしな。ねないこのいえにはばけものくるよ。ばけものよめさまばけものうんだ。いじわるあにさまおどろいたぁ、おどろいた」

けっこうのびやかで艶のある声だ。

「唐泉の話と同じだな」

「ねんねんよいこはねんねしな。ねないこのいえにはばけものくるよ……」

英桂はもう一度繰り返した。昴は手を挙げてそれを止めようとした。

「英桂、もういい……」

「あにさまこどもをにてやいて、あなほってうめてはっぱのせたぁ、はっぱのせたぁ」

続きを聞いて、昴はがたんと椅子を倒して立ち上がった。

「なんだって？」

「——だから、怠け者で意地悪な兄貴が生まれた子供を隠しちゃうんだよ。なのに本では子供のことすら載ってなくて驚いたんだ」

「あの話には続きがあったのか」

翠珠も驚いた。兄はどうしたのかと思っていたが、まさか生まれた子を殺すとは。

「崔は母上がこの歌を唄うといつも聞いたんだ。子供を隠されて妖の嫁さまはどうしただろうって。そうすると母上は、子供を隠されたなら、母は悲しくて泣きながら捜しているでしょうねと話してくれた。だから崔はいつも母上とこの歌の続きを作って子供を妖の嫁さまのもとに返してやってたんだ」

「……子供を捜して」

翠珠が呟く。あの牢獄で見た女性、人とは似つかぬ姿をした彩苑。彼女が言っていた言葉。

——子供を捜して。まだ名付けてもいないのに。

「三つの結末の違う昔話。古書だけに残された妖の姿。それに翠珠さまの見た夢――いや、おそらく過去の光景、子供を捜してという初代王の娘。ここからは想像ですが」

昴は卓の上で指を組んで翠珠と英桂を見つめた。

「おそらく昔話は本当だった。ただ、妖は嫁ではなく婿だったんだ」

「婿、ということは彩苑さまが妖を婿取りしたと？」

翠珠は最後に見た彩苑の姿を思い出していた。妖と交わったからあんなふうに肉体が変容したのか。

「初代王は最初は息子の紫桂に妖の嫁を娶《めと》るつもりだった。だが、紫桂は妖と合わずに殺された。それで次に彩苑をあてがったんだ。狙いは当たり、妖は彩苑を受け入れた。そして彩苑は身ごもり妖の子を産んだ」

「婿取りというか――生贄《いけにえ》ではないのか」

同じ女性として彩苑の運命を思い、翠珠は吐き捨てるように言った。

「そういう意味合いもあったんでしょうね。それで桂王はうまく妖の子を手に入れ、その子を使って諸国を攻め滅ぼした。そのあとその子は彩苑のもとには帰っていない。おそらくは殺され、それを知らない彩苑は子供を捜し続け――」

昴がそこまで言ったとき、翠珠の胸にしがみついていた阿猿が不意に卓の上に飛び降りた。

「阿猿？　今大事な話をしているから……」

翠珠がそう言って小さな妖を手に取ろうとしたとき、その指先を撥ねのけて、阿猿のからだがズクリ、と一回り大きくなった。

「え……」

そのあとは止める間もなく巨大化してゆく。たちまち天井に頭がつかえるまでに大きくなった阿猿は、ぐるりと三人を見回した。

「あ、阿猿……！」

二本の腕が翠珠と昴をむんずと掴む。逃げようとした英桂はうろこのある尻尾に巻きつかれた。

「阿猿！　離せ！」

翠珠は身もがいたが妖の力は強く、どんなに押しても指が胴に回ったまま離れない。

「翠珠さま！」

昴も両腕を封じられ、なにもできないでいるようだった。

「わあ！　離せ！」

英桂の悲鳴が聞こえる。巨大な妖は手にしていた翠珠と昴、そして尻尾で絡めた英桂を自分の口元にまで持ち上げた。

（喰われる……ッ！?!）

ぽかりとあいた真っ暗な穴。それが阿猿の口だった。

三人はその穴の中に放り込まれ、果つることのない底へと落ちていった。

四ノ段

リーリーと虫の鳴く声が聞こえてきた。

阿猿の口の中に呑み込まれた恐怖で、思わずつぶっていた目を開けると、見覚えのない戸外にいた。

見上げた空には煌々と輝く月。足下は草原で、少し離れた場所に屏風のように立つ岩肌が月の光を跳ね返していた。

「翠珠さま？」

声に振り向くと、地面に膝をついた昴とひっくり返っている英桂がいた。月の光が明るく、二人の顔もよく見える。

「殿下、巫師どの、無事か？」

「ええ、大丈夫です。翠珠さまは？」

「私も無事だ。殿下――」

　翠珠はからだを起こそうとする英桂の背中を支えて立ち上がらせた。

「ここはどこだ？」

　英桂が周りを見回して聞く。

「崔たちはあの妖に喰われたのではないか？」

「これは私が過去を見たときと同じだと思います」

　翠珠は剣の柄に手を置いて言った。

「あのときも妖たちに取り囲まれ、押しつぶされそうになって……気づいたら初代王のいる光景を見ていたのです」

「じゃあここは初代王――崔のご先祖の時代だというのか？」

　英桂はそう叫ぶといきなり駆けだした。豆粒ほどの大きさになるまで走っていったかと思うと、同じくらいの速度で戻ってくる。

「……誰も、いないぞ……っ」

　膝に手を置きゼエゼエと肩を上下させる。

「勝手にどこかへ行くな、英桂。おまえになにかあったら翠珠さまが困るだろう」

昴が英桂の頭をぺしりと叩いた。

「あの、巫師どの」

翠珠は英桂にくどくどと文句を言っている昴に向かって言った。

「私を呼ぶときに〝さま〟はいらない。殿下を呼び捨てにしているのに、私に敬称をつけるのはおかしいだろう」

「そうですか？」

昴はきょとんとした顔をした。英桂を呼び捨てにすることになんの疑問も持っていないらしい。

「うん。私も呼び捨てで頼む」

「では翠珠。私のことも巫師どのではなく名で呼んでください」

そう言われてとまどった。

「え？　それはその……昴師匠と？」

「あなたにはなにも教えてないので師匠はけっこう」

「それは……」

英桂のことも小英と名で呼んだ。だったら昴のこともそう呼べるはずだが。

「こ、昴……」

「……あらためて呼ばれるとなにか照れますね」

　二人してはにかんでいる中に、英桂が無遠慮に入ってきた。

「それにしてもこんな見も知らぬ場所に出てしまって困るよな、これからどうすればいいのか……」

「見知らぬ場所というわけじゃない」

　昴が指さしたのは月光の中に輝く屏風のような岩の群だ。

「確かあれは王の盾と呼ばれる岩山だ。となると、ここは薬都から離れた庚頂《コウチョウ》の地。初代王の時代にも私たちの時代にも変わらず存在しているもの、それは自然だ」

「王の盾か、そういえば旅の図録で見たことがある」

　翠珠は頭の中で記憶の書をめくった。

「崔も壁画に描かれたものを見たことがあるな。そうか、あれが実物か」

「――煙があがっていないか？」

　翠珠は王の盾とよばれる切り立った岩山のどこかから、白い煙が立ち上っているのを見た。

「ほんとだ、煙だ」

「煙があるということは、火を使う人がいるということだ。行ってみましょう」

　三人は歩き出した。岩山はすぐ近くに見えたが、それは山が大きかったからだ。煙が上っている場所に辿り着くまで半限ほどかかってしまった。

「火が燃えてるぞ」

「しっ」

岩の前に赤々と大きなたき火が燃えていた。そのたき火には湯の入った鉄製の鍋がかけられている。湯はごぼりごぼりと煮えたぎっているようだった。

三人は姿勢を低くして、たき火に近づいた。たき火の前には黒い頭巾つきの長衣を着た男が二人、立っている。

男の一人が顔をあげてなにか言った。腕を王の盾の上に向けて伸ばしている。すると、岩山の上になにかが現れた。

最初は黒い雪崩《なだれ》かと思った。だが、垂直な岩山をゆっくりと滑り降りてくるのは、翠珠が目撃し、巻物に描かれた生きている肉だった。

肉は無数の手を伸ばし、自重を支えながら岩山を降りてくる。

「あれが……初代王の操った妖か」

「では、あの男は初代王？　崔のご先祖か」

蠢く肉は岩山を降りてくるにつれて小さくなった。やがて地上にまで到達すると、その姿は大きな犬ほどの塊となる。

頭巾の男はその塊の上部を手で撫でた。塊は身をくねらせ、たくさんの手を伸ばして男の手にまとわりつく。じょじょにその姿は人の子のように変わっていった。

たくさんの腕は上部に二本、下に二本。そして顔ができてぷっくりとした腹もできた。最初を見ていなければ、父に甘える子のようだ。

「初代王だ……間違いない」

男が頭巾をとった姿を見て、英桂が呟いた。

初代王は懐からなにか取り出した。それを子の姿をしたものに差し出すと、ためらいなく口に入れる。

初代王はそれを抱き上げ腕の中でゆすった。それはしばらくきゃっきゃと子供そっくりの笑い声をあげていたが、やがて王の胸に顔を寄せて静かになった。

「どうしたのだ」

翠珠が昴に聞くと、昴は難しい顔で首をかしげる。

「眠り薬かなにかを与えたのかもしれませんね」

初代王ともう一人はしばらくの間、腕の中に眠る子供を見つめていた。やがてうなずきあい、二人は布でその子を包んだ。布には細かな文字が描かれているようだった。

初代王は隙間なく包んでしまった子を両手で抱き、たき火のそばに近づいた。

「おい、まさか」

英桂が身を起こそうとするのを翠珠が止める。

「だめです、やめてください」

英桂は翠珠の手を振り払い、初代王に向かって駆け出そうとした。だが、それより早く、初代王は布でくるんだ子を鉄の鍋の中へ放り込んだ。

「やめろ！　なにをするんだ！」

英桂は叫んだが初代王ももう一人も気づいていないようだ。

「殿下、あれは過去の光景なんです」

翠珠が追いかける。英桂が初代王に手をかけようとしたが、腕はそのからだをすり抜けてしまった。

煮えたぎった鍋の中から悲鳴が聞こえた。布で巻かれた子が中から突き上げるように動く。

英桂は鍋にも手をかけようとした。たき火につっこんだ。だが、まるで幻灯のように、それらは英桂のからだを素通りする。

「やめろ――やめろ」

英桂はなすすべもなく、見もだえる塊を見つめた。

「師匠！　兵長！　なんとかしてくれ！　助けてくれ！」

なにもできないのは翠珠も同じだ。目の前で行われた惨劇に身が震える思いだが、過去に手出しすることはできない。

昴を窺うと、視線で人を殺せそうなほど恐ろしい顔をして、初代王を見つめていた。

ぐらりと地面が回った気がした。

思わず手を伸ばすと堅いものに当たる。壁？

場所が変わっていた。外ではない、どこかの建物の中だ。

甘い乳の匂いが鼻先にきた。この匂いはどこかで嗅いだことがある……。

目の前に男の背があった。あわてて後ずさるとからだをぶつける。

「兵長」

ぶつかったのは英桂だったようだ。

「殿下、ご無事で」

「——初代王だ」

英桂がすぐ目の前に立つ男を見ながら言った。翠珠は顔を巡らせて昴を捜した。

いた。彼は鉄格子の前に膝をついて中を見ている。鉄格子の中には——。

「……っ」

思わず悲鳴が漏れるところだった。

前に鉄格子の中に見たのは初代王の娘、彩苑だった。あのときも異常な肉の付き方をしていたが、まだ人間の面影はあった。だが今は——。

まるで巨大な芋虫が鉄格子の部屋いっぱいに詰まっているかのようだった。白い肌はぬめぬめとした液体に覆われている。それは乳だ。からだ中のあちこちから乳が噴き出し肌を覆っている。手足はもう見えない。顔も髪も肉の中に埋もれてしまった。

あの妖の子と同じような肉の塊に変化してしまっている。

（わたしのこをかぁえぇして……）

彩苑の声が翠珠にも聞こえた。いや、頭の中で響いていた。

（わたしのこ……どぉこにいるの）

王は変わり果てた娘をじっと見つめていた。その視線には後悔も憐れみもなかった。なにかに失敗し、理由がわからないというような不可解な色だけが見えた。

王は鉄格子に背を向け、通路を抜けて階段をあがった。上には小さな廟が建てられている。

館の外には数人の兵がいた。

「陛下、よろしいですか？」

兵の一人が聞いた。

「ああ、もういい。始めてくれ」

「は」

兵たちは手に手に大槌を持ち、廟を取り壊しにかかった。

質素な廟はあっという間に崩れ落ち、地下へつながる石段も瓦礫《がれき》で埋められてしまった。

「おそれながら陛下、この廟にはどなたがお眠りになっていらしたのでしょう」

兵の一人が聞いた。それに初代王はそっけない口調で答えた。

「私の娘だ。しかしこんど新しく作る廟に魂を移すのでもうここはいらないのだ」

廟は崩れ落ち、地下への道もふさがれた。この地面の下に牢獄があり、そこにかつて人だったものが、初代王の娘が生きたまま埋められたことは誰も知らない。

（どぉこ……）

翠珠の頭の中に妖と化した母の声が聞こえる。

（どこにいぃいるの……かぁあぁえってぇえきて……ここにきてぇえぇ……）

耳を塞いでも頭を地面に擦りつけても聞こえてくる。悲しく切なく我が子を呼ぶ母の声が。

彩苑は誰も憎んでいない、怒りもない。ただ子供を求めているだけだ。子供に帰ってきてほしいだけだ。

「そこが、奥宮の裏庭だったんだ」

昴の声が聞こえた。

顔を上げると託児処の中だった。戻ってきていたのだ。

三人とも、元のように卓の椅子に座っている。卓の上には酒器があり酒があった。

何時間も経ったかと思ったのに、実際は一瞬だったのか？

翠珠は昴を、そして英桂を見た。ふたりとも顔色をなくし、呆然とした顔で空《くう》を見つめている。

「キキッ」と小さな声がして、目線を下に向けると阿猿が翠珠の手のそばにいた。

「阿猿……おまえ……」

手を動かすと、さっと腕を伝って肩にまで駆け上がる。阿猿は翠珠の肩の上でぶるぶると震えた。

「見ましたか」

昴は翠珠に言った。翠珠はその言葉にうなずいた。

「子供を呼ぶ、妖の母の声に惹かれてさまざまな妖が集まってきた。初代王は困ったでしょうね。しかし、逆にこれを千載一遇の好機ともとらえた。自分の娘と孫を犠牲にして国を築いたことを知られたくなかったから、ここで抑え込んでしまおうと」

昴は今見てきた光景を整理するように指を折って言った。

「全部集まったところを龍の卵で封じてしまえば……一網打尽だ」

英桂の顔にはまだ血の色が戻っていない。初代王の行いは彼にひどい衝撃を与えたようだった。

「しかしそれでもまだ安心できなかった。だから自分の目の届く場所に置いておきたかった」

「奥宮に妖が出るんじゃない。妖の出るところに奥宮を建てたというわけか」

英桂が呻いた。

「なぜ奥宮を？　龍の卵を納めた祠だけでよかったんじゃないのか？」

「いくつか理由は考えられます。たとえば……」

翠珠の問いに、昴は考えながら言った。

「妖は彼らを呼んだ母を探す。母である彩苑の気配を隠すために女を集めた。木を隠すには森の中、女を隠すには女の園」

「奥宮の女たちを隠れ蓑にしたというわけか」

「推測です」

「いくつか、と言ったな。ほかにもあるのか？」

「これは……俺の希望的な考えなんですが」

昴は自信無げに言った。

「初代王は彩苑さまを自分の手元で供養したかった、とか。やはり自分の娘ですし」

翠珠は思い切り顔をしかめた。ぞっとする。そんなものは愛情でもなんでもない、ただの自己満足だ。

「いや、思い付きですから」

翠珠の怒気を感じたのか、昴は言葉を取り消すように両手を振った。

「これが奥宮の妖の秘密、成桂国が隠したい初代王の秘密だったなんて」

はあっと翠珠は深いため息をついた。奥宮にこんなおぞましい秘密が隠されていようとは。

「初代王の娘は――彩苑さまは奥宮の地下に埋められているのか」

「そうだな。生きているか死んでいるかはわからないが……」

昴の言葉に驚いた。あれは過去の光景だ。

「百三十年前だぞ、まさか」

「妖の寿命は長いからな」

「彩苑さまは元は人間だぞ」

美しくたおやかな女性だった。妖と交わって妖の子を生んだとしても、子供を愛する心優しい女性。

「あの姿を見ただろう。妖と交わってもう妖になってしまっている。生きている可能性もある。すぐに奥宮の庭を掘り返して彼女を救おう」

昴の言葉に翠珠と英桂は顔を見合わせた。

「ほ、掘り返す？」

「そうだ、救わなければ」

だんっと昴が卓を叩いて言った。当たり前だろう？　と翠珠と英桂を見る。

「だが、彼女の求める子供は死んでいる。見ただろう？　煮えたぎった湯の中で殺された。それを知ったら彩苑は怒りにまかせて奥宮を——いや、皇宮を滅ぼすんじゃないか？」

英桂の言うこともっともだ。翠珠だって初代王の非道なやり方には憤りを感じている。だが……。

「怒って当然のことをされたんだ。仕方ない」

「ちょっと待て！　皇宮を危険な状態にすることはできんぞ！」

翠珠が立ち上がって怒鳴った。

「子供を奪われ、百年以上も地下に封じられている彼女を可哀そうだとは思わないのか？」

「それは思う。同じ女性として、実の父にあんな扱いをされ気の毒だと思う！　だが、私は陛下の兵として、皇宮を守る義務がある！」

翠珠は卓の上に両手をついて頭を垂れた。

「すぐには賛同しかねる……考える時間をくれ」

「――あなたは国の兵ですからね」

昴の冷たい口調に唇を噛む。個人の感情と兵としての理性は別のものだ。

ひんやりとした重い空気が丸い卓を取り巻いた。

「はいはい、そこまでにしときなさいよ」

いきなり入り口の扉が開いて、のんきな声と一緒に男が入ってきた。

「伍凍師!?」

生ぬるい風が一緒に吹き込み、広げられた巻物をコロコロと動かしてゆく。

「黙って聞いていたら真実まで探り当てちゃって。なにが机上の空論なんだい？　奥宮の庭を掘り返すなんて禁忌中の禁忌だよ？」

「聞いていたらって……どうして」

昴が言っていた軽い発言まで知られている。

「ああ、悪い。こないだ来たときにちょいと仕込んでいったんだ」

伍凍はそういいながらコン、と壁を叩いた。すると白壁の一部がひらひらとはがれ落ち、一枚の札になった。

「盗み聞きしていたんですね、師匠」

「だって仕方ないじゃない。おまえさん、奥宮の妖を調べるの止めなそうだったし」

昴に責められ、伍凍は大げさな身振りで肩をすくめた。

「古書を手に入れるところまではただの趣味として見逃そうかと思ったんだけど、なんで？　どうやってそこまで到達したの。途中、なんだか変な雰囲気になってたけど、なにかあったのかい？」

阿猿に呑まれて過去の光景を見たことは、さすがに伍凍にまで伝わらなかったらしい。

「師匠は全部知っていたんですか？」

伍凍は勝手に中まで入ってくると、隅に寄せられていた子供用の椅子に腰を下ろした。

「まあねえ。私の先祖はその昔、初代王と一緒に戦った沙馬国の巫師だったからね」

「沙馬国の……？」

「初代王の子供たちに妖を娶らせた張本人だよ。そして生まれた妖の子供を殺すときも協力した」

三人は驚いて伍凍を見た。伍凍は「酒もらえる？」と立ち上がり、昴の飲んでいた盃を手に取った。

「街中で俺を襲った男たちは師匠が放ったものだったんですか？」

「うん、そう」

伍凍はあっさりと答え、椅子に戻った。

「で、ではなぜ崔に昴師匠が危ないって教えたんだ。襲っておいて助けるなんておかしいだろ」

「本気で殺す気はなかったの。古書を奪えればいいなあと思っていただけ。ちょっと脅しのためにね。まさか殿下があんなに強くなってるとは計算違いだったなあ」

伍凍はどこか嬉しそうに笑い、盃をあおった。

「なぜ、そんな妨害を」

伍凍は小さな椅子の上から翠珠を見た。

「国の兵である翠珠兵長ならわかってくれると思うけど、国の始祖である初代王の非道さを公にはできないってとこかな。まあ千年くらい経てばどんな所業も伝説になるだろうけど、百三十年くらいじゃまだ生々しいよね」

「それは……」

確かに初代王が娘や孫にした行いについては、翠珠も納得できないし怒りがある。

「私の先祖はね、初代王と盟約したんだ。妖のこと、彩苑のこと、これらの秘密を守るってね。だから皇宮の巫師には代々私の一族が送り込まれる。私は三代目」

伍凍は眠そうな顔にほの暗い笑みを浮かべた。

「三代かけて奥宮の妖の謎に手をつけようとする人間を排除してきた」

「排、除……？」

「そう。国の秘密、国の恥部、国の禁忌。それに手をつける人間には死んでもらわなきゃならない」

　殺気のかけらもない顔で物騒なセリフを口にする。昴は長い髪を振って悲痛な声をあげた。

「うそだ、師匠。あなたは俺をあの巫術の牢獄から出してくれたじゃないですか。俺はあなたのことを恩人だと――」

「君が力をつけすぎたから邪魔だっただけだよ。あきれたお人好しだね。そんなことじゃ生き残れないよ」

　伍凍が立ち上がると外からぞろぞろと灰色の衣の男たちが入ってきた。

「三人ともおとなしくここから出なさい。寝ているかわいい子供たちを傷つけたくないだろう？」

　昴は振り返って子供たちの寝室へと続く扉を見た。いつのまにか扉に白い札が貼ってある。伍凍が術で子供たちを寝かしつけたのだ。

「昴」

　翠珠が首を振る。ここは伍凍に従って家を出た方がいい……そう目線で訴えると、昴は悔しそうに唇を噛んでうなずいた。

託児処の外には馬車が待っていた。伍凍は三人を乗せると、向かい合わせに座った。馬車の手綱は灰色の衣の一人が握っている。

「これから俺たちをどうするんですか」

「さて、どうしようか。初代王のしたことをすべて忘れてもらえるのかな？」

昴はきつい目で自分の恩師を睨んだ。

「一度知ったことは忘れられるはずがない」

「記憶を操作する術もあるけど」

にっこりと笑う伍凍に昴はぷいと横を向いた。

「ただ人ならともかく、俺にはその術はかけられない」

「崔だって忘れたくないぞ。妖の子が死ぬときのあの声、子を捜す母の声……。忘れようがない」

伍凍は昴と英桂を順番に見て、最後に翠珠に目を留めた。

「兵長はどうです？　命令とあれば忘れてくれますかね？」

「それは……」

「そうそう。あなたが飼っている妖を渡してくれるかな」

不意にそう言われ、翠珠は驚いて顔をあげた。

「妖——阿猿を？」

阿猿は翠珠の髪の間から顔を出し、「キーィッ」と歯をむき出して唸った。

「そう、それ。どうもそれ、ふつうの妖と違う気配がするんだよねえ……」

翠珠は阿猿を手にとった。阿猿は翠珠の手の中で、親指にしがみつき、まん丸な目で見上げている。

「……渡したらどうするんです。殺すんですか」

「そうだねえ」

翠珠はぎゅっと阿猿を抱きしめた。

「すみません。お言葉には従えません」

「だと思ったよ。あ、あとその妖の力を使うのも止めてね。ここでは私の力の方が強いから、無理させると死ぬよ、その子」

考えていたことを見透かされ、ぐっと翠珠が押し黙る。昴を見るとすまなそうな顔をされた。

(別に昴がそんな顔をする必要はないのに)

昴の力では伍涷にかなわない。そういう自分がはがゆいのだろう。

「あ、それからこれを見てもらえるかな」

伍凍が懐から紙を一枚取り出す。

「君たちの交友関係を記した表だ。君たちがおかしな動きをしたら、彼らにも迷惑がかかるからね。関係図に間違いがないかよく見てくれ」

その紙を見た翠珠、昴、英桂は三人三様の驚き方をした。

「……まさか、そんなことが」

「伍凍師匠、あんたって人はどこまで……」

「本当なのか」

伍凍は三人の反応に満足したように微笑んだ。

「大丈夫かい、言うことを聞くね？」

三人はうなずいた。翠珠は不承不承、昴は苦乙の葉を噛み潰したような顔で、英桂はまだ信じられないような顔で。

それから長く無言が続き、やがて馬車がガタンと停まった。

「さあ、降りて降りて」

伍凍が急かす。三人が馬車を降りると都から遠く離れたどこかの山の中だった。

伍凍の背後に灰色の衣の男たちが並ぶ。

「彼らは私の一族というわけではないよ。ただの見届け役だね。ちなみに街で君を襲った連中とも違う」

「わかってます。あれは雇われたただのごろつきでしょう？　後ろのは国のお偉いさんたちですか？」

灰色の男たちは押し黙ったままじっと動かない。

「いや、ただの連絡係だよ。これから起こることをその目で見て、報告してもらう」

「これから起こること？」

「つまり、まあ……申し訳ないけど死んでもらう」

伍凍はあっさりとした口調で、まるでちょっとした用事を頼むように言った。

「なんだって?!」

伍凍の手から白い紙が舞い、それが昴の足に貼り付く。昴は身動きしようとしたが、地面に縫い止められたように動けなくなってしまった。

「残念だけど、君が忘れないというんだから仕方ないじゃないか」

「ま、待て！」

昴の前に英桂が手を広げて立った。

「崔だって忘れないぞ！　殺すなら崔も一緒に殺せ！」

「ああ、殿下と兵長にはちゃんと初代王のことは忘れていただきますからご安心を」

「きさま！」

翠珠は剣を抜いて切りかかった。だが伍凍はそれをするりとかわし、あまつさえ、翠珠の手首を握ってからだを羽交い締めにする。

「は、はなせ!」

「美女に襲われるのは嬉しいんだけどね」

伍湅は翠珠の耳元に唇を寄せるとなにか呟いた。とたんに翠珠のからだから力が抜け、ずるずると地面にしゃがみこんでしまう。

「兵長!」

「翠珠!」

英桂と昴が叫んだが、翠珠はぼんやりとした顔のまま地面を見つめている。

「さて、次は殿下」

音もなく、伍湅が英桂の背後に回り込む。英桂は両手を後ろに回して上から伍湅の首を押さえようとした。だが、先に伍湅の唇が動き、呪言を耳に吹き込まれる。

英桂がびくんと背をのけぞらせた。伍湅がさらに何事かを呟くと、彼もまた翠珠と同じように地面にしゃがみこんでしまった。

「翠珠!　英桂!」

昴は地面の上でからだを揺らした。

「君の友人たちはこれからも国の役にたってもらわなきゃならない。君だけが必要とされないんだよ。そもそも巫師はもう時代遅れだ」

「伍涷……師匠」

「さようなら昴。君は本当に教え甲斐のある弟子だったよ」

伍涷が両手を高くあげると、地面に亀裂が走った。その亀裂はたちまち大きくなり、身動きできない昴の足の下まで口をあける。

「うわああっ！」

昴のからだが地面にあいた穴に吸い込まれる。

「翠珠！　英桂！」

昴の呼び声にも地面にしゃがみこんでいる二人は反応しなかった。目は開いているのになにも見ていないようだ。

「ああああああぁぁぁぁぁ――――――！」

長い悲鳴が尾を引いて地面から聞こえる。地割れは再び音をたてて閉じていき、やがてなんの痕跡も残さずに消えた。

「さて」

伍涷は背後にいた灰色の衣の男たちを振り返った。さすがに今見た出来事には動揺しているようで、そわそわとからだを動かしている。

「これでおしまいです。ご報告はご自由に」

男たちが押し黙ったまま、急いで馬車に戻る。一刻も早くこの恐ろしい男から逃れたいというように。

伍凍はしゃがんでいた翠珠と英桂を立ち上がらせた。二人は操り人形のようにおとなしく従い、馬車に乗った。

五ノ段

「翠珠さまあ、これはもう私たちの手に負えないんではないでしょうか！」

桃冬が目の前に立ち上がる巨大な爬虫類型の妖を見て叫んだ。飛び出した目と六本の腕を持ち、胴体の長いトカゲのような姿をしている。月明かりの下、そのうろこはぬめぬめと輝いていた。

「巫師さまを、昴師匠をお呼びしましょうよ！」

巨大トカゲは奥宮の花園で暴れまわり、せっかく咲き揃った薔薇《そうび》の花を片端から踏みつぶしてゆく。

「最近いつ訪ねても留守なのだ、仕方ないだろう」

翠珠はそう答えると肩の上の阿猿を地面に降ろした。

「阿猿、頼む」

翠珠の声に応えて阿猿が巨大化する。阿猿は牙をむいてトカゲの化け物に吠え立てた。濃厚な薔薇の香りの中で二体の妖がとっくみあう。

「我々だけで解決するしかない。阿猿も手伝ってくれるし、なんとかなる」

いや、なんとかするしかあるまい。なにせ今、巫師は不在なのだから。


禁線の街の青果店で買い物をしていた金兎は、なじみの店主から声をかけられた。

「よう、最近昴師匠を見かけないけどどうしたんだい？」

「旅行中なんですよ。いつ戻ってくるか僕にもわからなくて……」

「子供だけで大変だな、なにか困ったことがあったら頼りなよ」

「ありがとうございます」

金兎は野菜を入れた袋を肩に担いだ。

「昴師匠……」

呼びかけても返ってくる声はない。

英桂は皇宮の庭に作られた池のほとりにしゃがみこんでいた。池の水面に映る自分の姿を見つめ、そこに小石を放り込む。波紋が自分の姿を消して、再び映しだすのを何度も繰り返していた。

「英桂」

声をかけてきたのは第一皇子である兄だ。

「兄上」

「どうした。そのようにぼんやりして」

「いやあ、なにもする気がおきなくて」

病弱な第一皇子はおつきのものが翳す日傘の下にいた。陰にいなければ溶けて消え失せそうなくらいきゃしゃなからだをしている。

「いつも騒がしいおまえが静かだと不気味だな。おまえの好きな妖ごっこはやらないのか？」

「はあ……気に入っていた街の巫師が行方不明でしてね。そのせいか今一つ気がはいらないのですよ」

英桂はもう一度小石を投げ込んだ。今度の波紋は大きく、なかなか元には戻らなかった。

新月の夜がきた。

月の姿は髪一筋ほどの細さでほとんど光がない。その暗闇の中、翠珠は奥宮の庭を密かに駆けた。

今日は約束の日だ。

ずっとずっと、月が姿を一巡りさせるまで待った。不安もあったが待つことしかできなかった。

人目を避けるため、使女たちの宿坊を横切らず、遠回りして養鶏所まで走る。暗い夜の中で鶏たちも静かに眠っていた。

「殿下……殿下、いらっしゃってますか？」

翠珠は小声で呼んだ。すると壁に立てかけてあった塵芥箱ががたりと揺れた。

「いやもう、こういうのは勘弁してほしい」

頭に野菜のくずをつけて、英桂が箱から転がり出る。

「ほかに入る方法はなかったのか」

「無事いらっしゃれたのだからよいではありませんか」

「兵長……崔の扱い方が、なにか昴師匠に似てきたぞ」

「お戯れを」

翠珠はゴミで汚れた英桂のからだをぱたぱたと払い、手布を差し出した。

「お顔の汚れを落としてください」

「臭いはとれないなあ。帰りはなにか着るものを用意してくれるのか？」

「帰りも塵芥箱の中ですからそのままでお願いします」

「……やっぱり師匠に似てきた」

翠珠は周囲を見回した。

「来ますかね」

「約束したからね」

翠珠の声に英桂がきっぱりと答える。

「ああ見えて昴師匠は約束を守るんだ」

——「ああ見えては余計だ」

不意に三つ目の声があがった。翠珠と英桂は、はっとその声の方を見る。

月のない闇の中ではわかりにくい。だがそこに確かに誰かがいた。

「昴?!」

「昴師匠！」

ぽうっと青白い火が灯った。昴が指の間のこよりに火を灯し、自分の顔を照らしている。

「無事か！」

「師匠！　信じていたよ！」

翠珠と英桂は昴に駆け寄った。英桂は昴の首に飛びつき、その勢いで昴は地面に倒れた。

「師匠！　師匠——！」

「ちょっと、英桂……苦しい……」

昴は自分にしがみつく英桂の背をばしばしと叩く。翠珠もその横に膝をついて目をぬぐった。

「よかった、本当に……。もしかしたら騙されたのかもと疑ったこともあったが……。よく無事に帰ってきてくれた」

「翠珠……」

昴は腕を伸ばして、何度も顔を擦っている翠珠の手に触れた。

「二人とも心配をかけた」

「まったくだ。あんな場面を見せられて、よく崔たちが我慢したと思うよ」

「うむ。一世一代の演技だった」

翠珠は洟《はな》をすすりあげる。

あの夜、馬車の中で——。

伍凍が三人の交友関係と言って見せたのはそんなものではなく、これからあとの筋書きを書いたものだった。

手綱をとっている人間に謀《はかりごと》を聞かれるわけにはいかなかった。それゆえ伍凍はあらかじめ台本を書いていたのだ。

馬車から降りたら昴を殺す振りをする。翠珠と英桂は初代王に関する記憶を消された振りをしてほしい。昴になにがあっても取り乱したりせず、黙っていてほしい。ほとぼりがさめたら必ず昴を戻す。信じてほしい。

三人は驚いて伍凍を見た。

「……まさか、そんなことが」

翠珠が呟く。

「伍凍師匠、あんたって人はどこまで……」

昴は顔を覆って呻いた。

英桂は伍凍と昴の顔を何度も見比べた。

「本当なのか」

「大丈夫かい、言うことを聞くね？」

三人はしばらく考え込んでいたが、やがてうなずいた。翠珠は不承不承、昴は苦乙の葉を噛み潰したような顔で、英桂はまだ信じられないような顔で……。

「地面の下に落ちたらそこは洞窟になっていたんだ。二日ほど出口を探すのに迷って、辿りついたあとなんとか伍凍師匠に連絡した。それからは師匠の用意してくれた庵《いおり》にこもっていたんだ」

昴は二人に今までの経緯を話した。

「金兎から連絡が来て驚いたが無事な姿を見るまでは心配だった。だがこれで昴師匠は死んだことになって、初代王の秘密を守りたい連中を欺けたということだな？」

翠珠はもう涙の乾いた目で昴を見つめた。

「おそらくはね」

「でも伍凍師は大丈夫なのか？　初代王と盟約を結んだ一族の人間なんだろう？」

「伍凍師は――」

伍凍の用意した小さな家で昴は彼の師匠と会った。伍凍はこう言った。

『巫師として妖とつきあってきて、私にとっちゃ妖は封じるものじゃなくて一緒に生きてゆくものだった。こんな考えは巫師としては失格だろう。でも私は妖が好きなんだ。私には百三十年も昔の盟約より、妖の方が大事だ。まあ三代も続けばこんな変わり者も出るさ』

伍凍は片目をつぶってにやりと笑った。

『私はおいとまするよ。私に子はいないし、一族には、言っちゃなんだけど私より優秀なものもいない。私がいなくなればこの先一族の力も衰え、そして時が経てば初代王は伝説になる。そうしたら彼のやったこともお伽話さ』

そして昴の肩を叩き、耳元で囁いた。

『私は好きにするよ。おまえさんも好きにすればいい……』

昴は話し終えると龍の卵が納められていた祠のそばに立った。

「だから俺も好きにしようと思う。俺はこの地から彩苑を解放したい」

「気持ちはわかる。私も個人としては賛成だ。だが、彩苑がどう出るのかわからないのが不安なのだ。もし国に禍をもたらすとしたら……」

「それについては考えがある」

昴が心配そうな翠珠を見て言った。

「彩苑は子供を取り戻したいんだ。その執着が妖を呼び、彼女自身を妖に変えてしまった。だから子供を返す。そうすれば満足して人としての寿命を終えるだろう」

「子供を返す？　どうやって」

「俺は王の盾まで行ったんだ」

王の盾。その場所は妖の子供が殺された場所――。

「それで英桂に頼みたいことがある」

そう言われて英桂はきょとんとした顔で自分の鼻先を指さした。

「うん。きっと、おまえにしかできないことだ」

昴に呼ばれて英桂がそばにいき、耳を傾ける。二人の声は小さくて、翠珠には聞こえなかった。

「――どうだ？　やれるか？」

「うん……」

英桂は泣き笑いの顔で答えた。

「正直怖いけど……確かに崔にしかできないな」

「昴、殿下に危険な真似は――」

「いや、兵長。崔は大丈夫だ」

英桂は力を込めて言った。

「初代王の子孫として、彩苑と血筋を同じくするものして、これは崔がやらねばならない。兵長は見守っていてくれ」

「見守れって……せめてなにをするのか教えてください」

「――止めるからやだ」

「止めるようなことなんですか！」

昴は口の中でぶつぶつとなにかを唱えながら、地面に白く細い紙を一本一本差し込んでいった。祠を中心にかなり大きな円を描く。

「これから行うことを奥宮の人間に気づかれたくない。周囲に結界を張りますのでこの輪の中から出ないように」

ぐるりと祠をとりかこむと、昴は円に向かって鋭く息を吹き出した。とたんに紙がろうそくのように燃え上がる。

「翠珠、阿猿を貸してください」

「なにをするんだ？」

「前に地面に穴を掘ったと言ってたでしょう？　大きくなってもらってもう一度穴掘りをやってもらう」

「そうか」

翠珠は肩の上で興味深そうに見守っていた阿猿を手に取った。

「阿猿、いい子だ。大きくなって地面を掘るんだ。わかるな？」

地面に降ろすと阿猿は肩越しに、自信なさそうに翠珠を振り返る。それに微笑んでやると、阿猿の姿がたちまち大きくなった。

「そうだ、それで地面を掘り起こしてくれ」

彩苑の閉じこめられていた牢獄がどのくらいの深さかはわからないが、小さな廟の下だ。二階、三階分も深くはないだろう。

阿猿は背を曲げると大きな鉤爪《かぎ》のついた手で勢いよく土をかきはじめた。

取り囲む青白い火が阿猿の金色の毛を照らす。

掘り進める阿猿を見ていた翠珠は、光っているのが火の照り返しではなく、毛先自身であることに気づいた。キラキラと阿猿の毛の先に小さな光の粒がまとわりつく。

その光は地面の穴が大きく深くなるごとに強くなっていった。

「阿猿……？」

そういえば伍凍が馬車の中で言っていた。この妖は普通と違うような気がすると。

しかしそもそも妖には一貫性がない。すべてが違う種類のようだ。阿猿はそれ以上に

——妖以上に違うというのだろうか？

「昴！　牢獄だ」

光輝く巨大な猿の爪が、ガチリと大きな音を立てた。堅いものにぶつかったのだ。

翠珠は叫んだ。

「阿猿、牢獄を壊せ。彩苑さまを解放するんだ！」

百三十年。

妖が長生きだとしても、元は人間である彩苑が果たして生きているのだろうか。

阿猿は金色の両腕を振り上げ、力強く牢獄のてっぺんに振り下ろした。

轟音が響き、とたんに甘い香りが立ち昇る。翠珠には三度めとなる乳の匂いだ。

「彩苑さま！」

翠珠は地面に膝をついて叫んだ。

「おいでですか！　彩苑さま」

昴の灯した火も、穴の中までは照らすことができない。しかし、阿猿の金の毛皮がわずかに光を届けている。

ぐらりと地面が揺れた。脈打つような大きな振動。膝をついていた翠珠は地面の草をつかみ、立っていた昴と英桂は互いに支え合った。

「出てくるぞ、翠珠、気をつけて！」

昴が穴の向こうで叫ぶ。

白い塊が穴からわき出るように飛び出した。それは柔らかくぶよぶよとした、そして巨大な人の肌でできた肉の塊だ。見上げるほどに大きく、月のない空の下でもその白さがわかる。顔も手足もない、筒のような形の肉の妖。

肌を流れているのは乳だ。吸わせるあてのない、与えることのできない、流れるままの乳。

彩苑は涙の代わりに乳を流すのだ。

(あの子はどこ……)

彩苑の――妖の母の声が頭に響いた。

(父さまが奪った……わたしの子供はどこ……)

子供はいない。死んでしまった。実の祖父に殺されてしまった。

そんなことを、百三十年も子供を思い続けた母には言えない。

どうするのだ、昴、殿下。

母の悲しみに心を浸《ひた》された翠珠が、目にあふれた涙を土の上に落とした時。

「お母様」

声がした。

はっと顔をあげると、妖母のそばに英桂が立っていた。

「崔があなたの子供です」

英桂は両手を妖母に差し出している。

(なにを言ってるんだ、殿下は！)

翠珠が叫びそうになったとき、その肩をぐっと掴まれた。昴が穴の反対側からこちらへやってきていた。

「昴……」

「しっ、黙って見てて」

英桂は肉の塊に触れそうなくらい近くにいた。

「お母様……お母様……崔です」

その手が、触れた。

そっと優しく濡れた肌を撫でる。

「……お母様」

英桂の閉じた目から涙がこぼれおちた。

「お母様は崔のために……崔のことを思って呪を買ったんですよね。崔がこのさき皇宮で幸せに生きていけるようにと。自分が死んだあと、崔がどんな扱いを受けるか不安で心配で……お母様は崔のことしか考えていなかった」

両手で肉の肌を抱き、頬をすり寄せ、英桂は泣いた。

「でもね、崔は皇宮で案外うまくやっています。義母上からは声をかけてはもらえませんが、父上も兄上も崔のことを邪険には扱いません。崔は大丈夫なんですよ」

英桂は自分の母に語りかけているのだ。呪を放ち、それが返されたことにより死んだ自分の母に。伝えることができなかった思いを今、言葉にして。

「お母様……」

（ぼ、う、や……）

肉の塊から無数の手が伸びてきて、自分にすがりついている英桂を抱きしめる。そっと頭を撫でる手もあった。

愛する母を失った英桂だからこそ、母を愛していた子供だからこそ、妖母の心に訴えかけることができるのだ。

確かに事前に聞いていたら、そんな確証のないことをさせるわけにはいかなかった。

「お母様。崔に名をつけてください。お母様が呼ぶ名を」

英桂は涙を拭いて顔を上げた。その頬を妖母の手が優しく撫でる。

（ああ……名前……そう、名を呼びたかったの）

妖母は、いや、彩苑は呟いた。巨大な肉の塊の姿が、まるで氷のように溶けだしてゆく。白くどろどろしたものが地面に流れた。それは翠珠の膝先にまで届く。

見上げるほどだった彩苑の姿がやがてほっそりとした女性の姿に変わった。

「彩苑さま……」

翠珠が思わず呟く。彩苑は今は優しい顔で微笑んでいた。

（おまえの名前は……彩朱《サイシュ》……）

「ありがとうございます、お母様。彩朱……よい名です」

英桂は懐から小さな布包みを取り出した。

「聞いていただけますか、彩苑さま……これが本当のあなたのお子、彩朱さまです」

(私の……子……?)

「はい、彩朱さまは先に魂の座へ向かわれてしまいました」

英桂は持っていた布包みを彩苑に差し出した。

彩苑は英桂から布包みを受け取るとそれを胸に抱いた。

(ああ、……わたしの彩朱……)

昴は立ち上がるとゆっくりと彩苑のそばに寄った。

「長い間、迷われていましたね。今はもう、休んでいいんですよ。お子さまは、おそらくもう魂の行くべきところへ逝ってらっしゃいます」

(そう……そうなのかしら……?)

「ええ、きっとお母様を、彩苑さまを待ってらっしゃいます」

昴はそう言いながら英桂の肩に手をかけ、一歩下がらせた。反対側から見ていた翠珠は、一瞬英桂の姿を見失った。しかし、瞬きののちに、英桂は昴の前に立っていた。

(そう……そうね、もうずいぶん経つのね……早く逝ってあげなくちゃ……)

彩苑はにっこり笑い、もう一度そばにいる英桂の頬に手を触れた。

(私を母と呼んだ、おまえも一緒に逝きましょう)

「はい、お母様」

英桂がそう言ったので翠珠は驚いて立ち上がった。

「ま、待て。それはだめだ！」

だが彩苑は英桂を抱きしめ、そのままふわりと宙に浮かぶ。そしてひとつに溶け合って、月のない空へ飛び立った。

「殿下！」

翠珠が叫ぶ。彩苑と英桂のあとを追うように、奥宮から妖たちが飛び上がった。

大勢の妖たちは、混ざり合い、絡み合い、まるで夜の空を流れる銀河のようにひとつひとつが光りながら妖の母のあとを追ってゆく。

「キキッ」と小さな声がした。見ると阿猿が地面の上に立って翠珠を見つめていた。

「阿猿……」

小さな妖はペコリと頭を下げると宙に浮かぶ。

「ま、待て！　おまえも行ってしまうのか！」

翠珠の伸ばした指の先で、阿猿はもう一度振り向いた。その顔にだぶるように赤ん坊の顔が見えた。

「阿猿……おまえは……」

表情がないはずなのに、阿猿は目を細め、笑顔を作った。

(アリガトウ)

阿猿の声が聞こえる。

（母サマヲ救ッテクレテ、アリガトウ）

「おまえ――おまえが……」

阿猿はもう振り返らず、彩苑のあとを追って空に昇った。

「阿猿――――ッ！」

そして阿猿も、彩苑も英桂もたくさんの妖たちも。

みんな空の中に見えなくなった。


「そんな……阿猿……」

翠珠は草を掴んで涙を落とした。いつも肩の上にいた重みもなくなり、温かな毛皮の柔らかさにももう触れられないのか。

「なんだ、兵長。崔がいなくなるよりあの猿がいなくなった方が悲しいのか？」

のんきな声が聞こえてはっと振り返ると、にやにや顔の英桂と、同じく笑っている昴が立っていた。

「え、英桂殿下?!　いや、だって今空に……っ」

「あれは昴師匠の紙人形だよ。崔の姿を映したのさ。万が一、彼女が崔を連れて行きたいといったときのために用意していた」

そういえば一瞬英桂の姿が見えなかった。入れ替わっていたとすればあのときか。

「そんなことをして、彩苑さまが気づいたらお怒りになるぞ！」

「大丈夫ですよ。彼女はもう本当の子供も持っているし、妖ではなく人の霊となった。細かいことは気にしない」

「そ、そうなのか？」

そういえばあの布包み――。

「あれが本当の子供というのは……」

「王の盾まで行ったと言ったでしょう？　そこで捜してきました。伍凍師匠が先祖の記録を持っていたからなんとか見つけることができましたよ」

「では、本当にあの妖の子なのか」

翠珠は煮えたぎった鍋の中で叫んでいた妖の子を思い出した。すっかり煮溶けたかと思ったが。

「大半は肉だったようですが、ここの部分――昴は自分の首の後ろを指した――だけは人の骨の形をしていた。それが残っていて厳重に保管されていたんです」

翠珠は星空を見上げた。母と子はもう天で再会しただろうか？

「人ならば死ねば天に逝き、転生するが……妖もまた天に上るのか？」

「魂のあるものならみんなそうなんじゃないんですか？　人も動物も妖も」

「そうか……やはり」

阿猿は彩苑の子供の生まれ変わりだったのだ。彼は母親を助けたくて翠珠の前に現れたのかもしれない。

「そういえばさっきの妖……阿猿でしたっけ。あれも一緒に行ったんですね」

「ああ、嬉しそうだった……。お主も見たか？」

「いや、俺は英桂の方にいたので」

「……見ていなかったのか」

では昴は知らないのだ。自分だけが、あの小さな妖の重要な役目を見届けることができたことを。

「なにを笑っているんです？」

昴に言われて翠珠は自分の頬に手をやった。昴や英桂には驚かされてばかりだ。私にはなにも教えず勝手なことばかり。

ならば、私もひとつくらい昴に秘密を持ってもいいだろう。

「なんでもない」

阿猿。私の小さな友人。母思いの優しい子。おまえのことはずっと忘れないよ……。

昴は託児処を移動させるといった。

初代王の盟約を守る一族である伍凍が遁走したと言っても、自分が生きていることがばれたらまた狙われるだろう。だからこの地を離れると。

「そうか、寂しくなるな」

「まあ、英桂は今まで通り奥宮に来るでしょうから、そう寂しくもないでしょう」

消沈する翠珠と違って昴の方はあっけらかんとしたものだ。

「移転先は決まっているのか？」

「まだですが、近いうちに。決めたらご連絡します」

「ああ、そうしたら私も訪ねてゆこう」

再会を約束して、翠珠は昴と固い握手をかわした。

終ノ段

「それで？　どうしてまだここにいるんだ」

禁線の託児処で、走り回る子供を追いかけている昴を見ながら翠珠は言った。

「どうしてって、移転先が決まらないからですよ。ああ、すみません、その子を捕まえていてもらえますか」

昴に言われて翠珠は尻を丸出しにした男の子の腹掛けの紐を掴んだ。

「さあ、おとなしくするんだ、項景《コウケイ》。ちゃんと袴下をはかないと腹を壊すぞ」

「やだやだやだー！」

項景と呼ばれた二歳くらいの子供は、翠珠の腕の中で魚のように跳ねた。それをなんとか袴下をはかせる。

「助かりましたよ、翠珠」

「どういたしまして……というか、大丈夫なのかまだここにいて」

「俺は死んでることになってますからね。死人を二度も殺しにはこないでしょう。それに……」

昴はにやりと人の悪そうな笑みを浮かべた。

「盟約の一族である伍湅師匠はもういない。翠珠が盟約の一族だったらどう考えますか？　死んだはずの男が生きていて一族でもっとも優秀な巫師が消えてしまったら」

翠珠はあごに指を当てて考えた。

「おまえが伍湅師を倒したと考えるかな」

その言葉に昴は得たりとばかりにうなずく。

「そんな相手に残った凡人たちが手を出すと思いますか？　自分の保身のために見て見ぬふりをしますよ」

「ということはお主……最初から移転も考えてなかったんじゃないか？」

「いや、最近手狭だから引っ越しは考えてはいるんですけどね」

「引っ越し……」

翠珠は丸い卓に手をついて怒鳴りたいのをこらえた。結局昴はまた自分をからかったのだ。

「私は……お主がもう会えないような遠い場所へ行くのだとばかり……」

「ああ、それで翠珠。今日はなにをしにこちらへ？　子供の服を着替えさせる手伝いだけじゃないでしょう」

とびきりの笑顔とともに向けられたその言葉に、翠珠は大きくため息をついてから顔をあげた。

「実は、なぜかまた奥宮に妖が出てな……」

これからもこの人の悪い美貌の巫師との腐れ縁は続くのだろう。それはきっと楽しいことなのだと、翠珠は唇をほころばせた。

本書は書き下ろしです。

ポルタ文庫
託児処《たくじどころ》の巫師《ふし》さま　奥宮妖歳時《おうきゅうあやかしさいじ》

2020年8月7日　初版発行

著者　霜月りつ

発行者　福本皇祐
発行所　株式会社新紀元社
〒101-0054
東京都千代田区神田錦町1-7　錦町一丁目ビル2F
TEL：03-3219-0921　FAX：03-3219-0922
http://www.shinkigensha.co.jp/
郵便振替　00110-4-27618

カバーイラスト　藤 未都也
DTP　株式会社明昌堂
印刷・製本　株式会社リーブルテック

ISBN978-4-7753-1842-3